16	3	2	13
5	10	11	8
9	6	7	12
4	15	14	1

Coleção LESTE

Lev Tolstói

CONTOS DE SEBASTOPOL

Tradução e notas
Lucas Simone

Textos em apêndice
Orlando Figes, Iulián Odakhóvski e Lev Tolstói

editora 34

EDITORA 34

Editora 34 Ltda.
Rua Hungria, 592 Jardim Europa CEP 01455-000
São Paulo - SP Brasil Tel/Fax (11) 3811-6777 www.editora34.com.br

Imagem da capa:
"The Capture of Sevastopol by the Allied Armies, September 8th, 1855, After a Siege of 316 Days", gravura colorida, Library of Congress, Washington D.C. (detalhe)

Capa, projeto gráfico e editoração eletrônica:
Franciosi & Malta Produção Gráfica

Revisão:
Danilo Hora, Alberto Martins, Beatriz de Freitas Moreira

1ª Edição - 2024

CIP - Brasil. Catalogação-na-Fonte
(Sindicato Nacional dos Editores de Livros, RJ, Brasil)

Tolstói, Lev, 1828-1910
T598c Contos de Sebastopol / Lev Tolstói; tradução e notas de Lucas Simone; textos em apêndice de Orlando Figes, Iulián Odakhóvski e Lev Tolstói — São Paulo: Editora 34, 2024 (1ª Edição).
224 p. (Coleção Leste)

ISBN 978-65-5525-192-0

Tradução de: Sevastopolskie rasskazi

1. Literatura russa. I. Simone, Lucas. II. Figes, Orlando. III. Odakhóvski, Iulián. IV. Título. V. Série.

CDD - 891.73

CONTOS DE SEBASTOPOL

NOTA À PRESENTE EDIÇÃO

Em novembro de 1854, Lev Nikoláievitch Tolstói chegou a Sebastopol, cidade localizada na península da Crimeia, onde o exército russo via-se cercado há dois meses pelas forças do Império Otomano e da aliança entre Inglaterra, França e Sardenha. O jovem escritor havia acabado de deixar o Cáucaso, onde servira por dois anos, e de causar certa sensação no mundo literário com a publicação de *Infância* (1852), sua primeira novela. Alguns meses antes, ele se descrevera em seu diário como "alguém que desarranjou seus negócios ao extremo, que passou os melhores anos de sua vida sem propósito e sem prazer e que por fim exilou-se no Cáucaso, para fugir de dívidas e, mais importante, de seus próprios hábitos".[1]

Na Crimeia, Tolstói teve pouca participação nas batalhas, mas desde o início tentou mostrar serviço como homem de letras. Criou a revista *Soldatskii Viéstnik* (*Boletim do Soldado*) e compôs um projeto de reforma do exército. Após algum tempo, esfriado o zelo patriótico, passou a se dedicar a canções que satirizavam o alto-comando das forças russas — canções que se tornaram muito populares entre os soldados da cidade sitiada e entre os estudantes de todo o país. Tolstói deixou Sebastopol cerca de dez meses depois, em se-

[1] Em entrada de 7 de julho de 1854.

tembro de 1855, quando a guerra chegou ao fim com a rendição dos russos.

A Guerra da Crimeia, o primeiro grande conflito da Era Industrial, abre o que se chama de "Era de Ouro" do jornalismo de guerra,[2] sendo, de fato, a primeira guerra europeia a ser amplamente fotografada e comentada pela imprensa. Foram enviados à Crimeia fotógrafos como Carol Szathmari, James Robertson, Roger Fenton e Felice Beato, e pintores como William Simpson e Constantin Guys — este último celebrizado pelo ensaio "O pintor da vida moderna", de Baudelaire. Na Inglaterra, fica especialmente claro o conflito de interesses entre a imprensa livre e a censura político-militar, sendo o caso mais célebre o de William Howard Russell, considerado o primeiro correspondente de guerra, cujos relatos escandalosos, publicados pelo *Times*, tornavam públicas as falhas do exército britânico e as péssimas condições sanitárias no *front*.

Já no Império Russo, a princípio, um único jornal tinha o monopólio sobre os eventos na Crimeia: tratava-se do *Rússkii Invalid* (*O Inválido Russo*), órgão oficial do Ministério da Guerra. Todos os outros periódicos estavam proibidos de veicular qualquer matéria relacionada à guerra e até mesmo de reproduzir o conteúdo do *Invalid*, de modo que, descontadas raras exceções, à população russa chegavam apenas excertos de ordens e relatórios do exército, bordões patrióticos e boatos.

Essas raras exceções pertencem a um grande leque de meios a que a intelectualidade russa precisou recorrer para driblar a censura. Um exemplo curioso é a publicação, pelo Instituto de Ciências Marítimas, de um número do *Le Moni-*

[2] A definição é de Phillip Knightley, em *The First Casualty: The War Correspondent as Hero, Propagandist, and Myth Maker from the Crimea to Vietnam*, Londres, Andre Deutsch, 1975.

teur de la Flotte, jornal oficial do Ministério da Marinha da França, que "por acaso" trazia relatos sobre um importante bombardeio em Sebastopol e sobre a morte do almirante Kornílov. Outro exemplo, mais significativo, é a publicação da correspondência "privada" que Nikolai Berg (1823-1884), homem de letras que se alistara por vontade própria para documentar o cotidiano do *front*, passou a manter com Mikhail Pogódin, editor da revista *Moskvitiánin* (*O Moscovita*). Essas cartas são de imenso interesse histórico; nelas, além de tudo que Berg pôde observar — e ele dá notícia de coisas bastante pormenorizadas, como o preço dos produtos, os tipos de bala, bombas e flores encontradas no campo de batalha, dos estabelecimentos comerciais ainda operantes e até dos três casamentos que aconteceram na cidade sitiada —, eram reproduzidos depoimentos de testemunhas oculares, frequentemente no linguajar rústico e colorido dos soldados.

Nessa guerrilha de informações, o papel principal coube a outra revista importante, a *Sovremiênnik* (*O Contemporâneo*), editada por Nikolai Nekrássov e Ivan Panáiev. Ao terem negada a solicitação de abrir uma seção dedicada a assuntos militares, os editores conseguiram, porém, o direito de divulgar obras *literárias* que fossem, nas palavras de Panáiev ao ministro da Educação, "condutoras dos sentimentos patrióticos pelos quais a Rússia vive e se move neste momento". Desse modo a *Sovremiênnik* pôde publicar compilações de cartas de civis russos e soldados estrangeiros, de depoimentos de irmãs de misericórdia e narrativas ficcionais de oficiais do exército russo, como é o caso das três peças que constituem estes *Contos de Sebastopol*.

Conta-se que o tsar Alexandre II, ao ler "Sebastopol no mês de dezembro", conto que inaugura a nova seção "patriótica" da *Sovremiênnik*, ficou tão emocionado que imediatamente ordenou que o texto fosse traduzido para o francês e seu autor fosse enviado a um local seguro — foi assim que o inexperiente tenente Tolstói recebeu o comando de uma bateria de montanha em Belbek. Este conto, que praticamente transporta os leitores para o cenário da guerra, narrado em segunda pessoa com objetividade impressionante para sua época, parece feito sob medida para suprir a sede de informação dos leitores russos.

Muito diferente, porém, foram a proposta e o destino dos outros dois contos. Neles, a narrativa de ficção acoberta não apenas notícias preciosas do *front*, mas uma análise fria e perspicaz sobre o tema geral da guerra, sobretudo em "Sebastopol em maio", em que Tolstói volta seu olhar cirúrgico para os indivíduos que fazem a guerra e as paixões que se escondem por trás de seu heroísmo.

Na correspondência do autor com os editores da *Sovremiênnik*, vemos Nekrássov lamentar-se constantemente do quanto a censura mutilou "Sebastopol em maio", e vemos Panáiev notificá-lo muito sucintamente de acréscimos feitos ao texto de modo a torná-los mais tragáveis para o censor. Em seu diário, Tolstói fala com tristeza dos trechos eliminados — entre os quais, ao menos três capítulos inteiros. Já quanto aos acréscimos de Panáiev, destes ele por muito tempo se lembraria com profunda indignação; havia uma passagem, em especial — suprimida, obviamente, no texto-fonte desta nossa edição —, que lhe deixava possesso: "Mas não fomos nós que começamos esta guerra, não fomos nós que causamos essa terrível carnificina. Estamos apenas defendendo o nosso lar, a nossa terra natal, e continuaremos a defendê-la até a última gota de sangue".

Essa frase foi riscada por Tolstói de seu exemplar e, alguns anos depois, o escritor pediu a um amigo que transmitisse as seguintes palavras a um tradutor: "Imploro que ele não se esqueça de que a frase [...] pertence ao sr. Panáiev, e não a mim, e peço que ele a jogue fora [...]. Cada vez que a leio, chego à conclusão de que seria melhor levar cem vergas-

Lev Nikoláievitch Tolstói em 1854.

tadas do que vê-la".[3] Em 1903, quase meia década depois, como pode ser visto em sua correspondência com o tradutor britânico Aylmer Maude, Tolstói continuava a instruir seus tradutores a suprimir essas linhas de seu livro.

O caráter desigual do cerco de Sebastopol, em que as grandes potências da Europa se uniram contra a Rússia, fez reviver o sentimento patriótico entre a intelectualidade russa, até então cética em relação à Guerra da Crimeia, um conflito causado sobretudo pela política expansionista do tsar Nicolau I. A inserção de Panáiev reafirma essa "emenda historiográfica", em que a Rússia passara, de repente, à posição de vítima. As regras que regem esse processo foram muito bem descritas pelo próprio autor uma década depois, numa espécie de posfácio ao romance *Guerra e paz*:

> "Depois da queda de Sebastopol, o comandante da artilharia, Kryjanóvski, enviou-me os relatórios dos oficiais de artilharia de todos os bastiões e pediu que eu fizesse uma compilação desses mais de vinte relatórios. Acho uma pena não ter sido eu a escrevê-los. Pois esse é o maior exemplo daquela mentira militar ingênua e necessária que serve de base a toda descrição. [...] Digo isso para demonstrar que a mentira é inevitável nas descrições que servem de material para os historiadores militares e, logo, para mostrar que são inevitáveis as frequentes divergências entre o artista e o historiador na compreensão dos acontecimentos históricos. [...] Logo, o artista e o historiador têm tarefas completamente distintas."[4]

[3] Em carta a Ievguêni Korsch, de 12 de maio de 1858.

[4] Em "Neskolko slov po povodu knigui Voina i mir" ("Algumas pa-

Os desdobramentos em torno desse trecho inserido por Panáiev jogam luz sobre algo que é constante ao longo das muitas décadas de trabalho criativo de Tolstói: seu apego inflexível, quase irracional, à noção de *verdade*. O infeliz acréscimo de Panáiev foi inserido ao final de "Sebastopol em maio" justamente no lugar de uma frase que é praticamente a profissão de fé de Tolstói: "O herói da minha história, a quem amo com todas as forças de minha alma, a quem tentei reproduzir em toda a sua beleza, e que sempre foi, é e será belo, é a verdade".

* * *

Esta nova tradução dos *Contos de Sebastopol* tem como fonte o mais recente estabelecimento de texto, feito aos cuidados de Lídia Grômova-Opúlskaia para a edição *Pólnoie sobránie sotchiniênii v sta tomákh* (*Obras completas em cem tomos*), t. 2, Moscou, Naúka, 2002.

Ao final deste volume, o leitor encontrará um breve texto do historiador inglês Orlando Figes, que ressalta a relevância da Guerra da Crimeia, e dois importantes depoimentos escritos mais de trinta anos após o conflito. Em "Tolstói em Sebastopol", Iulián Odakhóvski faz um retrato vivo do escritor no período de sua convivência na cidade sitiada. Em "Prefácio a *Memórias de um oficial da artilharia em Sebastopol*", sob o pretexto de apresentar o livro de outro companheiro de armas, Tolstói tece suas reflexões sobre o tema da guerra em geral, em um verdadeiro libelo pacifista.

lavras a respeito do livro *Guerra e paz*"), texto publicado na revista *Rússkii Arkhiv* em 1868.

MAPA DO OESTE DO MAR NEGRO

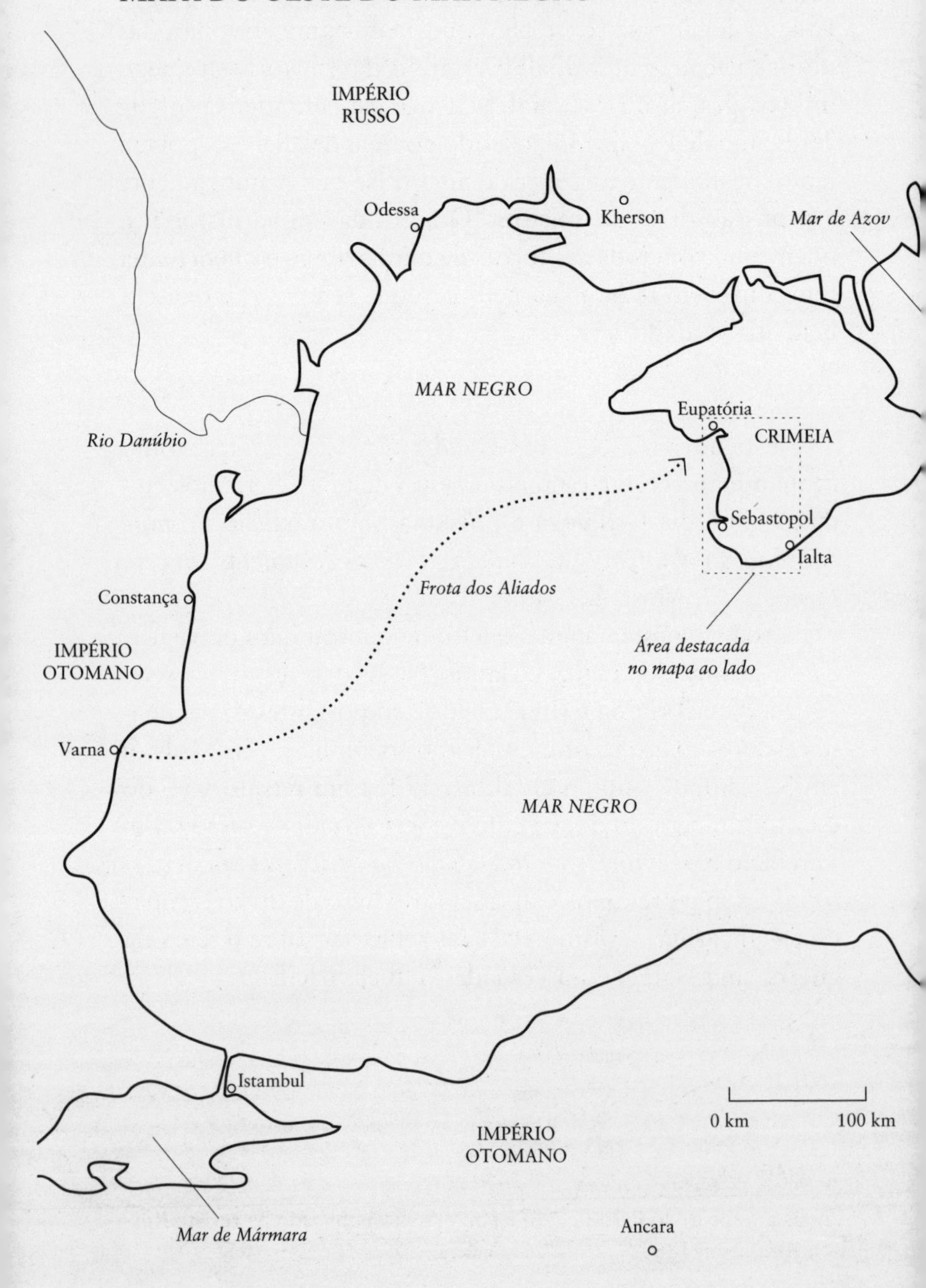

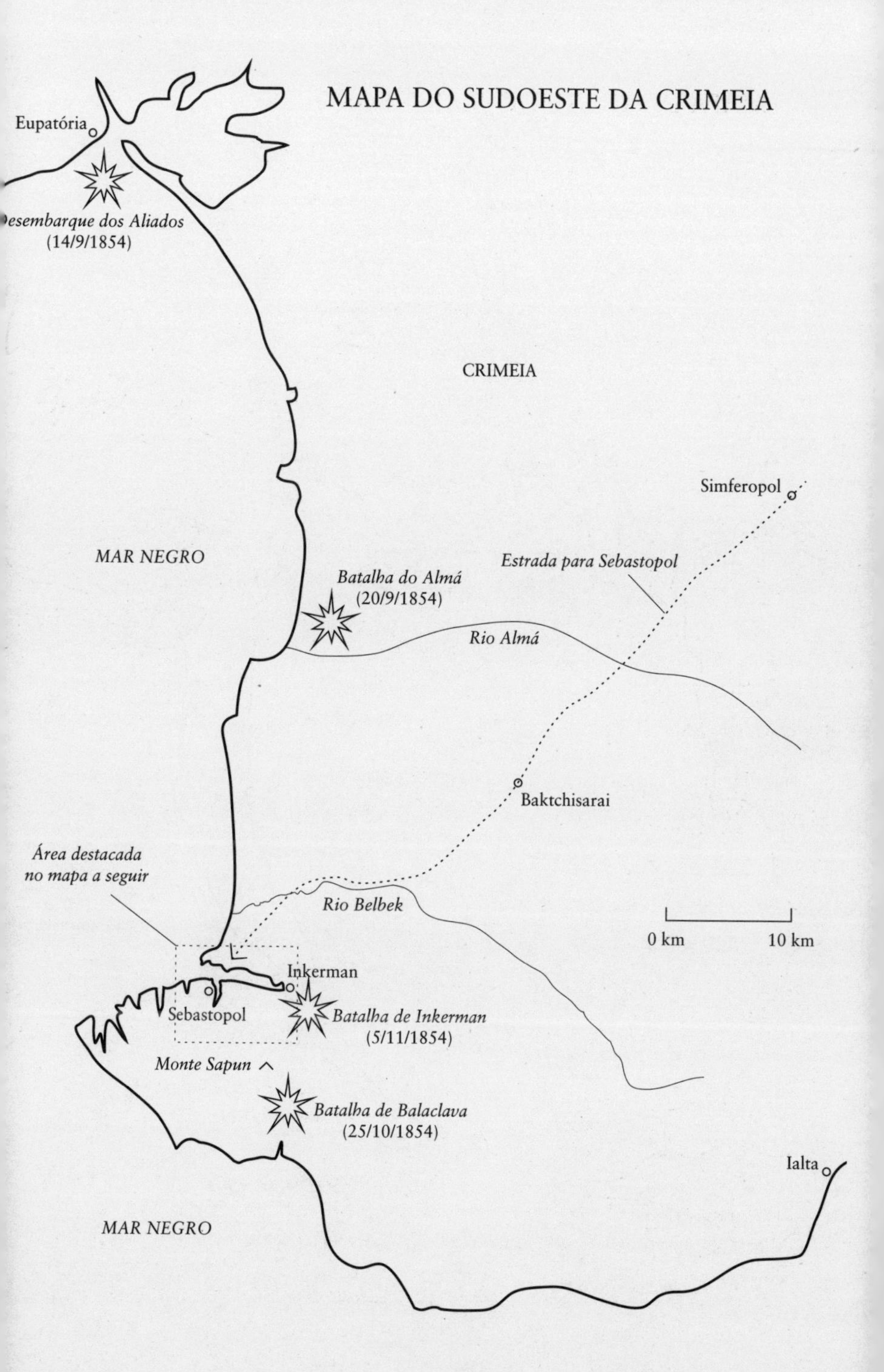
MAPA DO SUDOESTE DA CRIMEIA
Eupatória
esembarque dos Aliados
(14/9/1854)
CRIMEIA
Simferopol
MAR NEGRO
Estrada para Sebastopol
Batalha do Almá
(20/9/1854)
Rio Almá
Baktchisarai
Área destacada
no mapa a seguir
Rio Belbek
0 km
10 km
Inkerman
Sebastopol
Batalha de Inkerman
(5/11/1854)
Monte Sapun
Batalha de Balaclava
(25/10/1854)
Ialta
MAR NEGRO

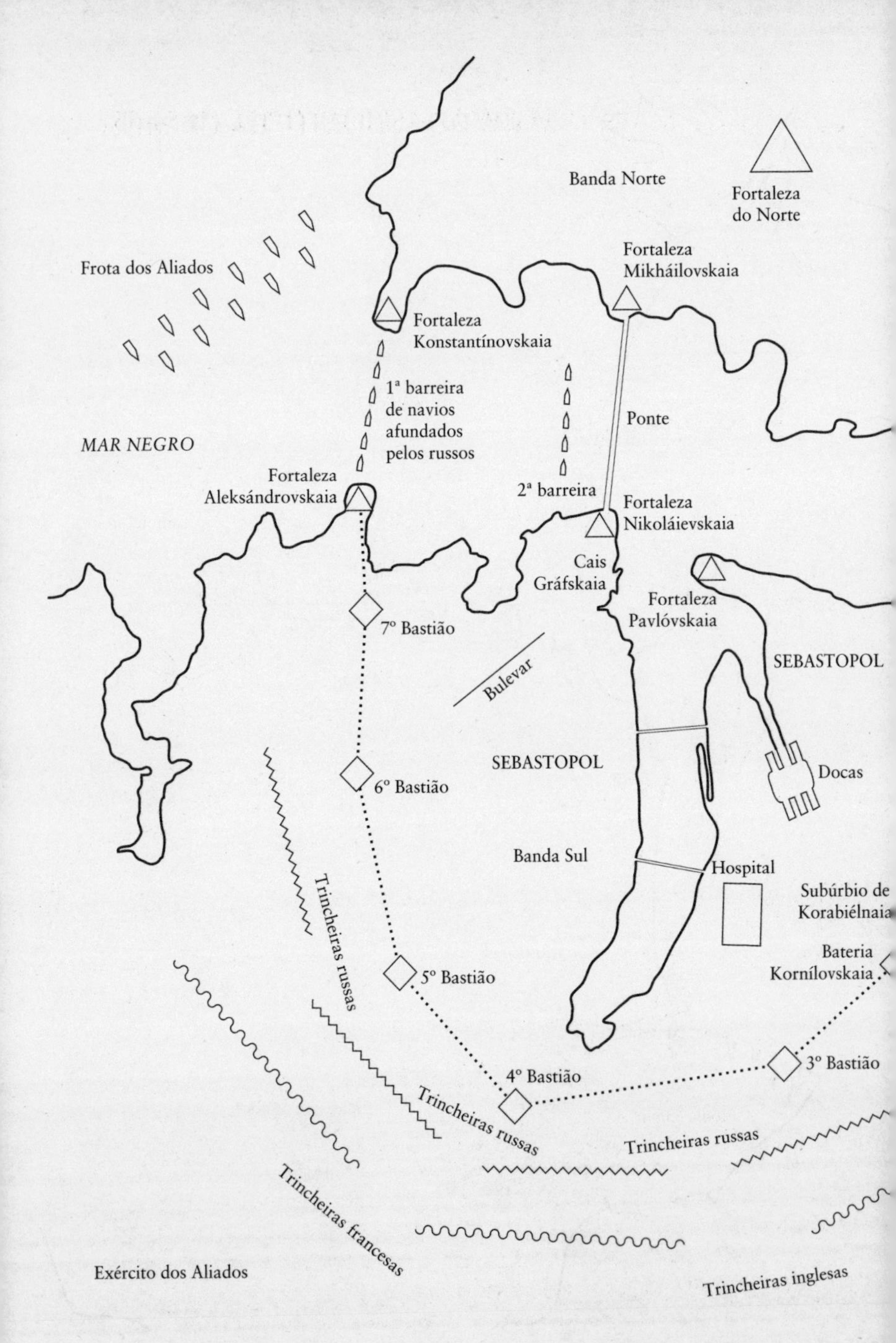
Banda Norte
Fortaleza do Norte
Frota dos Aliados
Fortaleza Mikháilovskaia
Fortaleza Konstantínovskaia
1ª barreira de navios afundados pelos russos
MAR NEGRO
Ponte
Fortaleza Aleksándrovskaia
2ª barreira
Fortaleza Nikoláievskaia
Cais Gráfskaia
Fortaleza Pavlóvskaia
7º Bastião
SEBASTOPOL
Bulevar
SEBASTOPOL
6º Bastião
Docas
Banda Sul
Hospital
Trincheiras russas
Subúrbio de Korabiélnaia
Bateria Kornílovskaia
5º Bastião
4º Bastião
3º Bastião
Trincheiras russas
Trincheiras russas
Trincheiras francesas
Exército dos Aliados
Trincheiras inglesas
Exército dos Aliados

MAPA DO CERCO A SEBASTOPOL (1854-55)

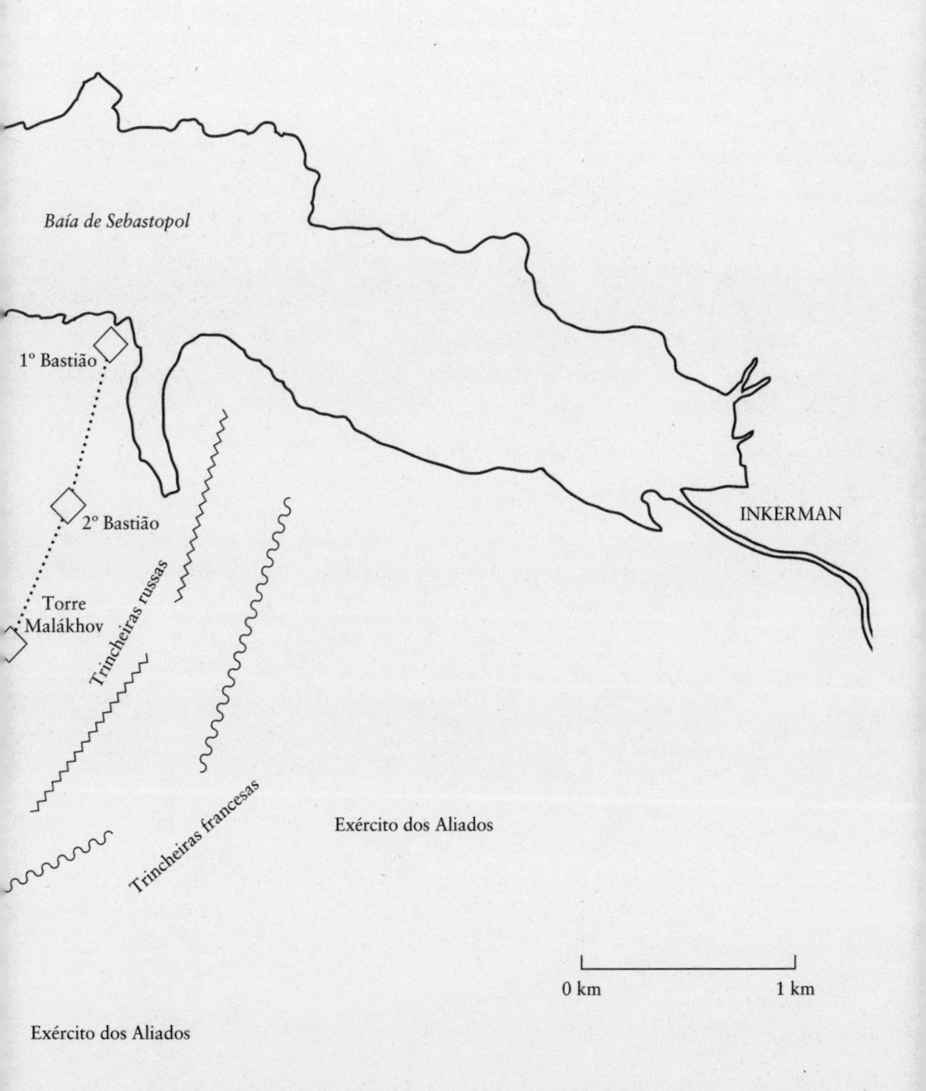

CONTOS DE SEBASTOPOL

SEBASTOPOL NO MÊS DE DEZEMBRO

A aurora apenas começa a colorir o horizonte sobre o monte Sapun;[1] a superfície azul-escura do mar já se despiu da penumbra da noite e aguarda o primeiro raio de luz para brincar com seu brilho alegre; da enseada, vêm o frio e a neblina; não há neve — tudo está escuro, mas o frio cortante da manhã fustiga o rosto e crepita sob os pés, e o ronco do mar, distante e contínuo, interrompido de quando em quando pelos disparos retumbantes de Sebastopol, é a única coisa a romper o silêncio da manhã. Nos navios, batem surdamente os sinos da oitava meia hora.[2]

Na banda Norte,[3] a atividade diurnal começa pouco a pouco a substituir a quietude da noite; aqui, ocorre a rendição das sentinelas, tilintando seus fuzis; acolá, o médico, já apressado, está a caminho do hospital; aqui, um pracinha arrasta-se para fora de seu abrigo de terra, lava com água enregelada o rosto queimado e, volvendo-se para o ruborizado Oriente, persignando-se com rapidez, reza a Deus; acolá, uma

[1] Elevação localizada a sudeste da cidade de Sebastopol. (N. do T.)

[2] Nos navios, era comum dividir o dia em turnos de quatro horas, fazendo soar o sino a cada trinta minutos. Oito batidas, portanto, indicam 4, 8 ou 12 horas. (N. do T.)

[3] O centro histórico da cidade (principal teatro de campanha da Guerra da Crimeia) era dividido em duas partes: uma ao sul, e outra ao norte da baía de Sebastopol. (N. do T.)

madjara[4] alta e pesada, levada por camelos, arrasta-se com um rangido em direção ao cemitério para enterrar os mortos ensanguentados, dos quais ela está amontoada quase até o topo... Você se aproxima do cais e é atingido por um cheiro peculiar de carvão mineral, estrume, umidade e carne de vaca; milhares de objetos variados — lenha, peças de carne, cestões,[5] farinha, ferro e outras coisas — estão largados em pilhas ao redor do cais; soldados de vários batalhões, com sacos e com fuzis, sem sacos e sem fuzis, aglomeram-se ali, fumam, xingam, arrastam cargas para o vapor, que, fumegando, eleva-se junto à plataforma; botes soltos, repletos de todo tipo de gente — soldados, marinheiros, mercadores, mulheres —, são atracados e desatracados do cais.

— Para o Gráfskaia,[6] vossa senhoria? Faça o favor — dois ou três marinheiros reformados, levantando-se dos botes, oferecem-lhe seus serviços.

Você escolhe aquele que está mais perto, dá um passo sobre o cadáver semiputrefato de um cavalo baio que jaz ali mesmo, na lama, ao lado do barco, e alcança o leme. Você desatraca da margem. Ao redor há o mar, já reluzente ao sol da manhã; à sua frente, um velho marinheiro, usando casaco de pele de camelo, e um menino novo, de cabelo loiro, operam os remos em silêncio e com zelo. Você olha também para o amontoado listrados de navios espalhados pela enseada, próximos e distantes, e para os pequenos pontos negros dos botes, que se movem pelo azul reluzente, e para as belas e radiantes construções da cidade, que se distinguem na outra banda, tingidas pelos raios rosados do sol da manhã, e para a

[4] Carroça típica dos tártaros da Crimeia. (N. do T.)

[5] Durante a defesa de Sebastopol, os abrigos eram construídos com cestões de vime cheios de terra, preparados pelos soldados nas florestas vizinhas. (N. do T.)

[6] Cais na região central de Sebastopol. (N. do T.)

espumante linha branca do bloqueio e dos navios afundados, dos quais, aqui e acolá, assomam, tristonhas, as pontas negras dos mastros, e para a distante frota inimiga, visível contra o horizonte cristalino do mar, e para os jorros de espuma, nos quais saltam bolhinhas salinas erguidas pelos remos; você ouve o som regular dos golpes dos remos, o som das vozes que alcançam você pela água, e os sons majestosos do bombardeio, que, ao que lhe parece, intensifica-se em Sebastopol.

Ao pensar que você também está em Sebastopol, é impossível que sua alma não seja perpassada pelo sentimento de coragem, de orgulho, e que o sangue não comece a circular com mais rapidez em suas veias...

— Vossa senhoria! Está seguindo bem na direção do *Kistentin*[7] — diz-lhe o velho marinheiro, virando-se para trás para certificar-se da direção que você dá ao barco —, guiando para a direita.

— E ainda tem canhões nele — observa o rapaz de cabelo loiro, ao passar pelo navio examinando-o.

— E como não: é novo, Kornílov[8] morava nele — observa o velho, também olhando para o navio.

— Veja só onde rebentou! — dirá o menino depois de um longo silêncio, vendo dissipar-se a nuvenzinha branca de fumaça que surgira, de repente, bem no alto da enseada Sul, acompanhada pelo som brusco de uma bomba explodindo.

— É que *ele* agora está disparando com a nova bateria — acrescenta o velho, cuspindo na mão com ar de indiferença. — Bem, força agora, Michka, vamos ultrapassar a barcaça. — E o seu bote avança mais depressa pela larga ondula-

[7] O navio *Konstantin*. (Nota do Autor)

[8] Vladímir Aleksêievitch Kornílov (1806-1854), vice-almirante da Marinha russa, comandou a primeira defesa de Sebastopol, em setembro-outubro de 1854. Na ocasião, participou pessoalmente da ação e foi morto em combate. (N. do T.)

ção da enseada, de fato ultrapassando uma pesada barcaça, na qual há umas sacas empilhadas e uns soldados desajeitados que remam sem ritmo, indo encostar em meio à grande quantidade de barcos de todos os tipos, ancorados no cais Gráfskaia.

Na beira-mar, agitam-se ruidosamente multidões de soldados cinzentos, marinheiros negros e mulheres multicoloridas. O mulherio vende pães, mujiques russos com samovares gritam: "*Sbíten*[9] quentinho"; e ali mesmo, nos primeiros degraus, estão largados, enferrujados, projéteis de canhão, bombas, metralhas e canhões de ferro fundido de diversos calibres; um pouco mais adiante há uma grande praça, na qual estão largadas umas barras enormes, carretas de canhão, soldados adormecidos; estão postados cavalos, carroças, peças de infantaria verdes, caixas, sarilhos; movem-se soldados, marinheiros, oficiais, mulheres, crianças, mercadores; passam telegas com feno, sacas e barris; aqui e ali, um cossaco ou um oficial a cavalo, um general numa *drójki*.[10] À direita, a rua está bloqueada por uma barricada, em cujas troneiras elevam-se uns canhões pequenos, e ao lado deles está sentado um marinheiro, que fuma seu cachimbo. À esquerda há um belo edifício com algarismos romanos no frontão, e debaixo dele há soldados e macas ensanguentadas — por toda parte, você vê os desagradáveis vestígios de um acampamento de guerra. Sua primeira impressão é seguramente a mais desagradável: essa estranha mistura da vida do acampamento com a vida da cidade, da bonita cidade com o sujo bivaque, não só não é bela, como lhe parece uma bagunça repulsiva; você tem até a impressão de que todos estão assustados, agi-

[9] Bebida tradicional feita com água, mel, ervas e especiarias. (N. do T.)

[10] Carruagem leve e aberta, de quatro rodas. (N. do T.)

tados, não sabem o que fazer. Mas observe mais de perto os rostos dessas pessoas que se movem ao seu redor, e você perceberá algo totalmente diferente. Olhe ao menos para esse pracinha do transporte de cargas, que leva uma troica de baios para beber água e cantarola alguma coisa bem baixinho, e o faz com tanta tranquilidade que evidentemente não haverá de perder-se naquela multidão diversa, que para ele nem existe, mas cumprirá sua incumbência, qualquer que seja ela — dar de beber aos cavalos ou arrastar peças —, com a mesma tranquilidade, a mesma segurança, a mesma indiferença que teria caso tudo isso estivesse acontecendo lá em Tula ou Saransk. Você lê a mesma expressão no rosto deste oficial, que passa por você usando luvas impecavelmente brancas, e no rosto do marinheiro que fuma, sentado na barricada, e no rosto dos soldados operários que aguardam com macas à entrada da antiga Assembleia, e no rosto desta donzela que, temendo molhar seu vestido cor-de-rosa, atravessa a rua saltitando de pedrinha em pedrinha.

Sim! a decepção seguramente o espera, se você vem a Sebastopol pela primeira vez. Em vão haverá de procurar, em qualquer rosto, vestígios de inquietação, de confusão ou até de entusiasmo, de prontidão para a morte, de resolução — não há nada disso: o que você vê é gente do dia a dia, ocupada tranquilamente com afazeres do dia a dia, de maneira que você talvez se recrimine por seu entusiasmo exagerado, tenha um pouco de dúvida quanto à legitimidade da noção de heroísmo dos defensores de Sebastopol, que se formou dentro de você por conta dos relatos e das descrições tanto do aspecto, como dos sons da banda Norte. Mas, antes de duvidar, vá aos bastiões, observe os defensores de Sebastopol no próprio local da defesa, ou, melhor ainda, vá direto para o lado oposto, ao edifício que antes fora a Assembleia de Sebastopol, em cuja entrada estão os soldados com as macas — ali você verá os defensores de Sebastopol, ali verá espetáculos horríveis e tristes, grandiosos e divertidos, mas estupendos, que elevam a alma.

Você entra no grande salão da Assembleia. Assim que abre a porta, é golpeado pelo aspecto e pelo odor de quarenta ou cinquenta amputados e dos doentes mais gravemente feridos, uns em leitos, a maior parte no chão. Não confie no sentimento que o detém no limiar do salão — é um sentimento ruim —, siga adiante, não sinta vergonha por ter vindo como que para *olhar* os sofredores, não sinta vergonha de chegar perto e falar com eles: os infelizes adoram ver um rosto humano compadecido, adoram contar seus sofrimentos e ouvir palavras de amor e simpatia. Você caminha entre as camas e busca um rosto menos rígido e sofredor, do qual você decide se aproximar para conversar.

— Está ferido onde? — você pergunta, com ar hesitante e tímido, para um soldado velho e descarnado, que, sentado no leito, acompanha-o com um olhar bondoso e parece convidá-lo a se aproximar. Digo "pergunta com ar tímido" porque os sofrimentos, além de uma profunda compaixão, provocam, por alguma razão, o medo de ofender e o enorme respeito por aquele que os enfrentou.

— Na perna — responde o soldado; mas, bem nesse momento, você mesmo percebe, pelas dobras do cobertor, que ele perdeu a perna acima do joelho. — Graças a Deus agora — ele acrescenta —, quero receber a dispensa.

— E já faz tempo que foi ferido?

— Já faz seis semanas, vossa senhoria!

— E então, sente dor agora?

— Não, agora não dói nada; só a panturrilha fica um pouco dolorida quando o tempo está ruim, mas isso não é nada.

— Como você foi ferido?

— No quinto *bastinhão*, vossa senhoria, quando teve o primeiro *bombeio*: apontei o canhão, comecei a me afastar, dessa maneira, para a outra ameia, quando *ele* me acertou na perna, como se eu tivesse tropeçado num buraco, olhei e não tinha mais perna.

— Por acaso não sentiu dor nesse primeiro momento?

— Nada; foi só como se tivessem dado com uma coisa quente na minha perna.

— Certo, e depois?

— E depois nada; só quando começaram a puxar a pele é que ardeu um pouco. Vossa senhoria, a primeira coisa é *não pensar muito*: quando você não pensa, aí não é nada. Tudo fica maior quando a pessoa pensa.

Nesse momento, aproxima-se de você uma mulher de vestido listrado cinza e com um lenço preto na cabeça; ela se intromete em sua conversa com o marinheiro e começa a contar dele, do sofrimento dele, da situação desesperadora em que ficou durante quatro semanas, de como ele, estando ferido, parou a maca para ver a salva da nossa bateria, de como os grão-príncipes conversaram com ele e concederam-lhe vinte e cinco rublos,[11] e de como ele lhes disse que queria voltar para o bastião, para ensinar os jovens, já que ele mesmo não podia trabalhar. Dizendo tudo aquilo num só fôlego, a mulher olha ora para você, ora para o marinheiro, que, dando-lhe as costas, como se não a ouvisse, belisca a gaze em seu travesseiro, enquanto os olhos dela reluzem com peculiar entusiasmo.

— Essa é a minha *patroa*, vossa senhoria! — observa o marinheiro, com uma expressão de quem diz: "O senhor há de perdoá-la. Sabe como é, coisa de mulher, diz coisas estúpidas".

Você começa a compreender os defensores de Sebasto-

[11] Os grão-príncipes em questão são Nikolai Nikoláievitch e Mikhail Nikoláievitch, filhos do imperador Nicolau I, que foram a Sebastopol nas últimas semanas de 1854 para participar da campanha. (N. do T.)

pol; por alguma razão, sente vergonha de si mesmo perante esse homem. Você gostaria de dizer muito mais para expressar sua compaixão e admiração; mas não encontra as palavras, ou fica insatisfeito com as que lhe vêm à mente — então você se curva, em silêncio, para essa silenciosa e inconsciente grandeza e firmeza de espírito, para esse acanhamento perante o próprio valor.

— Bom, que Deus lhe permita recuperar-se o quanto antes — você diz a ele, e para diante de outro doente, que está deitado no chão e, ao que parece, espera pela morte em meio a sofrimentos insuportáveis.

É um homem loiro, de rosto roliço e pálido. Ele está deitado de costas, com o braço esquerdo jogado para trás, numa posição que expressa um sofrimento atroz. A boca aberta e seca emite com dificuldade um rosnido arquejante; seus estanhados olhos azuis estão revirados para cima, e do cobertor desarrumado assoma o que restou de seu braço direito, enrolado em ataduras. O pesado odor cadavérico golpeia você com força ainda maior, e o ardor interno que consome e penetra todos os membros do sofredor parece penetrar você também.

— Ele está inconsciente? — você pergunta à mulher que o segue e que olha para você com ternura, como para alguém próximo.

— Não, ainda ouve, mas está muito mal — ela acrescenta, num sussurro. — Acabei de dar chá para ele; pois é, pode até ser um estranho, mas mesmo assim tem que ter piedade, e quase nem bebeu nada.

— Como está se sentindo? — você pergunta a ele.

O ferido volta as pupilas em direção à sua voz, mas não o vê e não o compreende.

— O coração queima.

Um pouco adiante, você vê um velho soldado, que está trocando a roupa de baixo. O rosto e o corpo têm uma cor marrom, e ele está magro como um esqueleto. Ele perdeu o braço inteiro: foi extraído na altura do ombro. Está sentado, bem-disposto, está restabelecido; mas, pelo olhar morto e turvo, pela horrível magreza e pelas rugas no rosto, você vê que aquela é uma criatura que já passou a melhor parte de sua vida em sofrimento.

Do outro lado, num leito, você vê o rosto sofredor, pálido e meigo de uma mulher, e em toda a sua face arde um rubor febril.

— É a esposa de um marinheiro nosso, no dia 5 foi ferida na perna — dirá a sua guia. — Estava levando o almoço para o marido no bastião.

— O que houve, amputaram?

— Amputaram acima do joelho.

Agora, se os seus nervos são fortes, entre pela porta à esquerda: naquela sala são feitos curativos e operações. Ali você verá médicos com os braços ensanguentados até o cotovelo e semblantes pálidos e lúgubres, ocupados junto a um leito sobre o qual, com os olhos abertos e dizendo, como que em delírio, palavras sem sentido, às vezes simples e tocantes, jaz um ferido sob efeito do clorofórmio. Os médicos se ocupam da tarefa asquerosa, porém benéfica, da amputação. Você verá a faca curva e afiada entrar no saudável corpo branco; verá o ferido, com um grito horrível e lancinante, com imprecações, recuperar de repente os sentidos; verá o enfermeiro jogar num canto o braço amputado; verá, na mesma sala, outro ferido, deitado numa maca, que, olhando para a operação do companheiro, se retorce e geme, não tanto pela dor física, quanto pelo sofrimento moral de expectativa — verá espetáculos horríveis, que abalam a alma; verá a guerra não em sua formação regular, bela e brilhante, com música e rufar de tambores, com estandartes desfraldados e generais dando pinotes, mas a guerra em sua verdadeira manifestação — no sangue, no sofrimento, na morte...

Ao sair dessa casa de sofrimento, você decerto sentirá uma sensação agradável, inspirará mais profundamente o ar fresco, sentirá satisfação ao reconhecer sua boa saúde, mas, ao mesmo tempo, da contemplação daqueles sofrimentos, haurirá a consciência de sua insignificância e, com tranquilidade, sem qualquer indecisão, seguirá em direção aos bastiões...

"Que importância têm a morte e o sofrimento de um verme insignificante como eu em comparação a tantas mortes e tantos sofrimentos?" Mas a visão do céu limpo, do sol brilhante, da bela cidade, da igreja aberta e dos militares, que se movimentam em diversas direções, logo traz seu espírito ao estado normal de frivolidade, de pequenas preocupações e de entusiasmo apenas com o momento presente.

Talvez você se depare com os funerais de algum oficial, que saem da igreja e vêm ao seu encontro, com um caixão rosado, música e pendões desfraldados; talvez cheguem a seus ouvidos os sons dos disparos nos bastiões; mas isso não o levará aos pensamentos de antes: os funerais lhe parecerão um espetáculo marcial bastante belo; os sons, sons marciais bastante belos; e você não associará nem a esse espetáculo, nem a esses sons, aquele pensamento claro, direcionado a si mesmo, sobre sofrimento e morte, como fez no posto de socorro.

Passando a igreja e a barricada, você entrará naquela parte da cidade que é mais animada por sua vida interior. De ambos os lados, fachadas de lojas e de tavernas. Mercadores, mulheres de chapéu e lenço, oficiais janotas — tudo expressa a firmeza de ânimo, a autoconfiança, o senso de segurança dos moradores.

Passe na taverna à direita, se quiser ouvir os comentários dos marinheiros e oficiais: ali por certo haverá relatos da última madrugada, de Fenka, da ação do dia 24,[12] de como

[12] No dia 24 de outubro de 1854 (5 de novembro, pelo nosso calen-

são caros e ruins os bolinhos de carne servidos ali e de como foi morto o companheiro tal e tal.

— Com o diabo, como vão mal as coisas hoje lá conosco! — diz, com voz de baixo, um oficialzinho da Marinha, loirinho e imberbe, com um cachecol verde de malha.

— Lá conosco onde? — pergunta um outro.

— No quarto bastião — responde o oficial jovenzinho, e você certamente olhará com maior atenção e até com certo respeito para o oficial loirinho ao ouvir as palavras: "No quarto bastião". Seu desembaraço considerável, o agitar dos braços, o riso e a voz alta, que lhe pareceram um descaramento, remeterão você àquele peculiar estado de espírito desafiador que certas pessoas muito jovens adquirem depois do perigo; mas mesmo assim você pensará que ele vai começar a contar que é graças às bombas e balas que as coisas vão mal no quarto bastião; nada disso! Elas vão mal porque está tudo enlameado. "Não dá para chegar na bateria", ele dirá, mostrando as botas, cobertas de lama até as panturrilhas. "E o meu melhor artilheiro naval foi morto hoje, levou uma bem na testa", dirá um outro. "Quem? O Mitiúkhin?" "Não... Mas ora, vão me servir a vitela ou não vão? Que canalhas!", acrescentará ele, dirigindo-se ao criado da taverna. "Não o Mitiúkhin, foi o Abróssimov. Era um rapaz corajoso — esteve em seis surtidas."

No outro canto da mesa, atrás de pratos de bolinhos de carne com ervilhas e uma garrafa de vinho azedo da Crimeia, chamado de *Bordeaux*, estão sentados dois oficiais da infantaria: um, jovem, de gola vermelha e com duas estrelinhas no capote, conta ao outro, mais velho, de gola preta e sem es-

dário) ocorreu a Batalha de Inkerman, na qual o exército russo sofreu mais de 12 mil baixas. No antigo calendário russo, utilizado por Tolstói, as datas têm doze dias a menos. (N. do T.)

trelinhas, da ação do Almá.[13] O primeiro já bebeu um pouco, e, pelas interrupções que acontecem em seu relato, pelo olhar irresoluto, que expressa dúvida de que acreditem nele e, sobretudo, de que seja muito grande o papel desempenhado por ele em tudo aquilo, e de que tudo seja terrível demais, percebe-se que ele se afasta fortemente de uma rigorosa narração da verdade. Mas você não está para esses relatos, os quais ainda ouvirá por muito tempo em todos os cantos da Rússia: você quer ir logo ao bastião, justamente ao quarto, do qual tanto lhe falaram, e de modos tão diferentes. Quando alguém diz que esteve no quarto bastião, diz com particular satisfação e orgulho; quando alguém diz: "Vou ao quarto bastião", percebe-se nele, inevitavelmente, uma pequena agitação ou uma indiferença grande demais; quando querem zombar de alguém, dizem: "Deveriam mandá-lo para o quarto bastião"; quando encontram uma maca e perguntam de onde veio, na maior parte das vezes respondem: "Do quarto bastião". Em geral, existem duas opiniões completamente distintas a respeito desse terrível bastião: os que nunca estiveram nele têm a convicção de que o quarto bastião é um túmulo certo para qualquer um que vá para lá, e os que vivem nele, como o aspirante loirinho, ao falar do quarto bastião informarão se lá está seco ou enlameado, se faz frio ou calor no abrigo de terra etc.

Essa meia hora que você passou na taverna foi suficiente para o tempo mudar: a névoa que se estendia pelo mar reuniu-se em nuvens de chuva, cinzentas, enfadonhas e úmidas, e encobriu o sol; um triste chuvisco cai do alto e molha os telhados, as calçadas e os capotes dos soldados...

Passando por mais uma barricada, você sai pelas portas à direita e sobe por uma grande rua. Atrás dessa barricada,

[13] A Batalha do rio Almá ocorreu no dia 20 de setembro de 1854 e terminou com a derrota das tropas russas. (N. do T.)

as casas de ambos os lados da rua estão desertas, não há tabuletas, as portas estão cobertas com tábuas, as janelas foram arrombadas; aqui, um canto de um muro foi derrubado, ali, um teto foi perfurado. As construções parecem velhos veteranos que passaram por todo tipo de infortúnio e necessidade, e é como se elas olhassem para você com ar orgulhoso e certo desdém. Pelo caminho, você tropeça em balas de canhão espalhadas e em buracos cheios d'água, escavados pelas bombas no terreno pedregoso. Pela rua, você também encontra e ultrapassa destacamentos de soldados, de *plastuns*,[14] de oficiais; aqui e ali, encontra-se uma mulher ou uma criança, mas não mais uma mulher de chapéu, e sim a esposa de um marinheiro, trajando um velho casaquinho de peles e botas de soldado. Ao avançar pela rua e descer por um pequeno declive, você percebe que ao seu redor não há mais casas, e sim uns estranhos amontoados de escombros — de pedras, tábuas, argila, troncos; à sua frente, numa montanha escarpada, você vê um espaço negro, enlameado, cortado por fossos, e essa coisa à sua frente é o quarto bastião... Ali, encontra-se ainda menos gente, não se vê mulher alguma, os soldados andam depressa, pelo caminho dá para ver gotas de sangue, e você certamente encontrará ali quatro soldados com uma maca e, na maca, um rosto pálido e amarelado e um capote ensanguentado. Se você perguntar: "Onde foi ferido?", os maqueiros dirão asperamente, sem se virar para você: no braço ou na perna, caso o ferimento seja leve; ou ficarão calados, com ar severo, caso na maca não der para ver a cabeça e ele já estiver morto ou gravemente ferido.

O silvo, não muito distante, de uma bala de canhão ou de uma bomba, bem no momento em que você começa a subir a montanha, surpreende-o desagradavelmente. Você de

[14] Tropas de infantaria que atuavam como guardas ou como batedores. (N. do T.)

repente compreende, e de modo totalmente diferente de como compreendia antes, o significado daqueles sons de disparos que você ouvia na cidade. Uma recordação tranquila e agradável de repente vem à sua imaginação; sua própria pessoa começa a preocupá-lo mais que a observação; você passa a dar menos atenção a tudo que o rodeia, e um desagradável sentimento de indecisão de repente toma conta de você. Apesar dessa voz infame que, à vista do perigo, começou de repente a falar em seu interior, você — particularmente depois de ver um soldado que, agitando os braços e deslizando montanha abaixo pela lama líquida, passa correndo ao seu lado, trotando e rindo —, você faz calar essa voz, involuntariamente endireita o peito, ergue alto a cabeça e tenta escalar a montanha barrenta e escorregadia. Assim que você consegue vencer uma parte da montanha, à direita e à esquerda começam a zunir as balas dos Stutzen,[15] e você talvez fique pensando se não seria o caso de seguir pela trincheira que corre paralela à estrada; mas essa trincheira está repleta de uma lama tão líquida, amarela e fétida, na altura do joelho, que você certamente vai escolher a estrada pela montanha, ainda mais porque verá que *todos estão indo pela estrada*. Ao avançar uns duzentos passos, você entra num espaço escavado e enlameado, envolvido, de todos os lados, por cestões, aterros, paióis, abrigos de terra e plataformas, nas quais há grandes peças de ferro e, em montinhos regulares, balas de canhão. Tudo isso lhe parece amontoado sem qualquer ordem, objetivo ou relação. Aqui, na bateria, está sentado um grupinho de marinheiros;[16] ali, no meio da área, afundado até a metade na lama, jaz um canhão destroçado; acolá, um pracinha

[15] Rifle de longo alcance, mas que exigia maior tempo de carregamento. Foi usado por alguns exércitos europeus no século XVIII e na primeira metade do XIX. (N. do T.)

[16] Durante a defesa de Sebastopol, as tripulações dos navios russos

de infantaria com um fuzil, que atravessa a bateria e se esforça para tirar o pé da lama pegajosa; em toda parte, por todos os lados e em todos os lugares, você vê cacos, bombas não detonadas, balas de canhão, vestígios de acampamentos, e tudo isso submerso numa lama líquida e viscosa. Você tem a impressão de ouvir, não muito longe, o impacto de uma bala de canhão, tem a impressão de ouvir, por todos os lados, diferentes sons de balas — zunindo como abelhas, sibilando velozes ou estrídulas, como uma corda —, de ouvir o horrível ronco de um disparo, que o sacode por inteiro e lhe parece algo pavorosamente assustador.

"Então aí está ele, o quarto bastião, aí está, esse lugar assustador, realmente pavoroso!", você pensa consigo mesmo, experimentando um pequeno sentimento de orgulho e um grande sentimento de medo reprimido. Mas ficará decepcionado: esse ainda não é o quarto bastião. É o reduto do Iazon[17] — lugar bem seguro, relativamente, e nada assustador. Para chegar ao quarto bastião, siga à direita por aquela estreita trincheira pela qual, encurvado, o pracinha de infantaria seguiu a muito custo. Ao longo dessa trincheira, talvez você volte a encontrar maqueiros, marinheiros, soldados com pás; talvez veja os fios condutores das minas e abrigos cavados na lama, nos quais, recurvando-se, só duas pessoas conseguem entrar, e lá você verá *plastuns* dos batalhões do mar Negro, que ali trocam seus sapatos, comem, fumam cachimbo, vivem, e verá outra vez, por toda parte, aquela mesma lama fétida, os vestígios de acampamento e o ferro fundido espalhado em todas as formas possíveis. Avançando mais uns

afundados eram alocadas em batalhões terrestres para que continuassem a lutar. (N. do T.)

[17] O reduto do Iazon foi uma estrutura defensiva erigida pelos marinheiros do brigue *Iazon* durante a primeira defesa de Sebastopol, em dezembro de 1854. (N. do T.)

trezentos passos, você novamente chegará à bateria — uma área escavada com fossos e rodeada de cestos cheios de terra, peças em plataformas e barreiras de terra. Aqui talvez você veja cinco homens, marinheiros, jogando cartas sob o parapeito, e um oficial da Marinha que, ao notar que você é alguém novo, curioso, lhe mostrará, com prazer, seu equipamento e tudo o que possa lhe interessar. É com tanta tranquilidade que esse oficial enrola o seu cigarro de papel amarelo, sentado em uma das peças, com tanta tranquilidade ele passeia de uma ameia a outra, com tanta tranquilidade ele conversa com você sem a menor afetação, que, apesar das balas, que zunem logo acima com frequência maior do que antes, você mesmo passa a ter mais sangue-frio, a indagar com atenção e a ouvir os relatos do oficial. Esse oficial contará — mas somente se você perguntar — sobre o bombardeio do dia 5, contará que, em sua bateria, só uma peça funcionava e que, de todos os serventes, restaram apenas oito homens e que, mesmo assim, na manhã seguinte, no dia 6, ele fogueou com todas as peças;[18] contará a você que, no dia 5, uma bomba caiu sobre um abrigo de terra dos marinheiros e tombou onze homens; mostrará a você, das ameias, as baterias e as trincheiras inimigas, que estão a menos de trinta ou quarenta *sájens*[19] dali. Só temo que, sob o efeito dos zumbidos das balas, ao inclinar-se sobre as ameias para ver o inimigo, você não enxergue nada, e, se enxergar, ficará muito surpreso com o fato de que aquele montão branco de pedra, que está tão perto de você e do qual irrompem fios de fumaça branca, aquele montão branco é que é o inimigo: *ele*, como dizem os soldados e os marinheiros.

[18] Os marinheiros sempre dizem "foguear", e não "disparar". (Nota do Autor)

[19] Antiga unidade de medida russa, equivalente a 2,13 metros. (N. do T.)

É até muito provável que o oficial da Marinha, por vaidade ou simplesmente sem motivo, para proporcionar a si mesmo o prazer, queira dar alguns disparos na sua presença. "Enviar o artilheiro naval e os serventes ao canhão", e uns catorze marinheiros, com animação, com alegria, uns enfiando o cachimbo no bolso, outros terminando de mastigar uma torrada, batendo com o ferro das botas na plataforma, se aproximarão do canhão para carregá-lo. Olhe bem para os rostos, para a postura e para os movimentos desses homens: em cada ruga desses rostos, bronzeados e de maçãs salientes, em cada músculo, na largura desses ombros, na grossura dessas pernas, calçadas em botas enormes, em cada movimento, tranquilo, firme, vagaroso, enxergam-se os principais traços que compõem a força do russo: a simplicidade e a obstinação; mas, aqui, em cada rosto, parece-lhe que o perigo, a vileza e os sofrimentos da guerra, além daqueles principais indícios, deixaram ainda as marcas da consciência de seu valor e de um pensamento e um sentimento elevados.

De repente, um ronco dos mais horríveis, que abala não só os órgãos auditivos, mas todo o seu ser, atinge-o de tal forma, que você estremece de corpo inteiro. Em seguida você escuta o silvo de um projétil, que vai se afastando, e uma densa fumaça de pólvora recobre você, a plataforma e as negras figuras dos marinheiros que se movem por ela. No momento desse nosso disparo, escutará os diversos comentários dos marinheiros e verá a animação deles e a manifestação de um sentimento que você não esperava ver — talvez seja um sentimento de raiva, de vingança contra o inimigo, que se oculta na alma de cada um. "Pegou bem na *ombrasura*; parece que matou dois... ali, foram carregados", você ouvirá as alegres exclamações. "Mas agora *ele* vai ficar irritado: logo vai atirar para cá", dirá alguém; e, de fato, logo na sequência disso, você verá à sua frente um relâmpago, uma fumaça; a sentinela, de pé sobre o parapeito, gritará: "Ca-a-nhão!". E, na sequência, ao seu lado, uma bala de canhão estridulará, cairá na terra com um baque e, de uma cratera, jogará ao redor respingos de lama e de pedra. O comandante da bateria ficará irritado com essa bala, dará ordem de carregar outra e depois uma terceira peça, o inimigo também começará a responder, e você vai sentir sensações interessantes, ouvirá e verá coisas interessantes. A sentinela de novo gritará: "Canhão!", e você ouvirá o mesmo som e o mesmo impacto, os mesmos respingos, ou ele gritará: "Marquela!",[20] e você ouvirá o assobio da bomba, regular, bastante agradável, de um modo tal, que é difícil associá-lo com algo terrível, ouvirá esse assobio que se aproxima de você e que se acelera, depois verá a esfera negra, o impacto contra a terra, a explosão da bomba, perceptível, estridente. Com um silvo e um estrídulo, voarão depois os estilhaços, as pedras farfalharão no ar, e você ficará coberto de respingos de lama. Em meio a esses sons, você sentirá uma estranha sensação, de prazer e medo ao mesmo tempo. Naquele momento em que o projétil está voando em sua direção, e você sabe disso, certamente virá à sua cabeça que aquele projétil irá matar você; mas o sentimento de orgulho o ampara, e ninguém percebe a faca que lhe corta o coração. Mas, em compensação, depois que o projétil já tiver passado, voando, sem tocá-lo, você recobrará o ânimo, e um sentimento de alegria, indescritivelmente agradável, mas só por um instante, tomará conta de você, de maneira que você encontrará um tipo peculiar de encanto no perigo, nesse jogo de vida e morte; você desejará que uma bala de canhão ou uma bomba caia cada vez mais perto. Mas agora a sentinela terá gritado com sua voz alta e grossa: "Marquela!", mais um assobio, um impacto e a explosão de uma bomba; juntamente com esse som, porém, você é aba-

[20] Segundo um registro de Tolstói, corruptela da palavra "morteiro". (N. do T.)

lado pelo gemido de uma pessoa. Junto com a maca, você se aproxima do ferido, que, em meio ao sangue e à lama, tem um estranho aspecto inumano. Parte do peito do marinheiro foi arrancada. Nos primeiros momentos, em seu rosto salpicado de lama, enxergam-se somente o susto e uma expressão de sofrimento como que fingida, precoce, típica de uma pessoa naquela situação; mas enquanto trazem a maca até ele, e ele se deita nela com seu flanco saudável para baixo, você percebe que aquela expressão vai sendo substituída por uma expressão de certo entusiasmo e de um pensamento elevado, não manifesto: os olhos brilham com mais força, os dentes são cerrados, a cabeça se ergue a muito custo; e, enquanto o levantam, ele detém a maca e, com esforço, com voz trêmula, diz aos companheiros: "Adeus, irmãos!" — ele quer dizer mais alguma coisa, e nota-se que quer dizer algo tocante, mas só torna a repetir: "Adeus, irmãos!". Nesse momento, um dos companheiros marinheiros aproxima-se dele, coloca o quepe na cabeça que o ferido lhe oferece e, com tranquilidade, fazendo um gesto indiferente com a mão, retorna à sua peça. "Todo dia são uns sete ou oito desses", o oficial da Marinha diz em resposta à expressão de horror que se manifesta em seu rosto, enquanto boceja e enrola seu cigarro com o papel amarelo...

....

Pois bem, você viu os defensores de Sebastopol precisamente no local da defesa, e por algum motivo retorna sem prestar qualquer atenção às balas de canhão e aos projéteis, que continuam a sibilar ao longo de todo o caminho que leva ao teatro destruído — você caminha com o espírito tranquilo e elevado. A principal e mais consoladora convicção que você extraiu dali é a convicção da impossibilidade de minar, onde quer que seja, a força do povo russo — e você viu essa impossibilidade não naquele sem-número de traveses, de parapeitos, de engenhosas trincheiras, minas e peças de artilharia, umas sobre as outras, das quais você não entendeu nada, mas viu-a nos olhos, na fala, nos procedimentos, naquilo que se chama de *o espírito* dos defensores de Sebastopol. O que eles fazem, fazem-no de maneira tão simples, tão despreocupada e com tanta intensidade, que você tem a convicção de que eles podem fazer ainda cem vezes mais... eles podem fazer tudo. Você compreende que o sentimento que os faz trabalhar não é aquele sentimento de mesquinhez, de vaidade, de esquecimento que você mesmo experimentou, mas um outro sentimento, mais imperioso, que fez deles pessoas que vivem tranquilamente debaixo de balas de canhão, em meio a uma centena de possibilidades de morte, e não só uma, como todas as demais pessoas estão sujeitas, e que vivem nessas condições em meio a uma labuta incessante, em meio à vigilância e à lama. Não é por uma medalha, por um título, por ameaças que as pessoas conseguem aceitar essas condições terríveis: deve haver outro motivo estimulante, mais elevado. E esse motivo é um sentimento que raramente se manifesta, que é acanhado no homem russo, mas que jaz nas profundezas da alma de cada um — o amor à pátria. Só agora os relatos dos primeiros momentos do cerco de Sebastopol, quando ali não havia fortificações, não havia tropas, não havia possibilidades físicas de mantê-la, e, ainda assim, não havia a menor dúvida de que ela não se entregaria ao inimigo — momentos em que esse herói, digno da Grécia Antiga — Kornílov —, ao inspecionar as tropas, dizia: "Morreremos, rapazes, mas não renderemos Sebastopol", e os nossos russos, incapazes de palavrório, respondiam: "Morreremos! Hurra!" —, só agora os relatos daqueles momentos deixaram de ser, para você, uma bela lenda histórica e transformaram-se em algo autêntico, em fato. Você compreenderá com toda a clareza, imaginará aquelas pessoas que acabou de ver como os heróis que, naqueles tempos difíceis, não tombaram, mas elevaram-se em espírito e com prazer dispuseram-se à morte, não pela cidade, e sim pela pátria. Por muito tempo permanecerão na Rússia os grandiosos vestígios dessa epopeia de Sebastopol, cujo herói foi o povo russo...

Já anoitece. O sol, pouco antes do ocaso, saiu de trás das nuvens cinzentas que cobriam o céu e, de repente, com uma luz púrpura, iluminou as nuvens rosadas, o mar esverdeado, coberto de navios e barcos, balouçado por uma ampla e regular ondulação, e as brancas construções da cidade, e o povo que circula pelas ruas. Pela água, ouvem-se os sons de uma antiga valsa, tocada pelos músicos do regimento no bulevar, e os sons dos disparos no bastião, que estranhamente os ecoam.

Sebastopol
1855, 25 de abril

SEBASTOPOL EM MAIO

I

Já se passaram seis meses desde que a primeira bala de canhão dos bastiões de Sebastopol silvou e revolveu a terra nas obras do inimigo,[1] e, desde então, milhares de bombas, projéteis e balas de canhão voaram sem cessar dos bastiões às trincheiras e das trincheiras aos bastiões, e o anjo da morte pairou incessantemente sobre eles.

Milhares de orgulhos humanos puderam ser ofendidos; milhares puderam ser satisfeitos, inflados; milhares, tranquilizados pelo abraço da morte. Quantas estrelas foram colocadas, quantas foram tiradas, quantas Annas, Vladímires,[2] quantos caixões rosados e véus de linho! E os mesmíssimos sons são ouvidos dos bastiões, e do mesmo modo — com um tremor involuntário e um medo supersticioso — os franceses olham de seus acampamentos, na noite clara, para a terra amarelada que foi escavada nos bastiões de Sebastopol, para as negras silhuetas de nossos marinheiros movendo-se por eles, e contam as ameias, das quais assomam, zangados, os

[1] Durante o cerco de Sebastopol, ambos os lados continuaram a executar obras de edificação de fortificações e linhas defensivas. (N. do T.)

[2] Respectivamente, a Ordem de Santa Anna e a Ordem de São Vladímir, duas das mais importantes condecorações do Império Russo. (N. do T.)

canhões de ferro; e, do mesmíssimo modo, o suboficial de navegação observa pela luneta, da torre do telégrafo,[3] as silhuetas multicoloridas dos franceses, suas baterias, tendas e colunas, que se movem pelo monte Verde,[4] e as colunas de fumaça que irrompem nas trincheiras; e, com o mesmíssimo ardor, vindos de diversas partes do mundo, variadas multidões de pessoas, com desejos ainda mais variados, precipitam-se para aquele lugar fatídico.

E a questão não resolvida pelos diplomatas é ainda menos resolvida pela pólvora e pelo sangue.

Com frequência ocorria-me um estranho pensamento: e se um dos lados beligerantes propusesse ao outro enviar, de cada exército, um único soldado? Esse desejo poderia parecer estranho, mas por que não realizá-lo? Depois enviar outro, de cada lado, depois um terceiro, um quarto e assim por diante, até que sobrasse só um soldado em cada exército (presumindo que os exércitos fossem de igual força e que a quantidade fosse equiparável à qualidade). E então, se realmente as complexas questões políticas entre representantes racionais de seres racionais pudessem ser resolvidas por uma briga, que esses dois soldados brigassem — um atacaria a cidade, o outro teria que defendê-la.

Esse raciocínio parece um mero paradoxo, mas ele é correto. De fato, que diferença haveria entre um russo combatendo contra um representante dos Aliados[5] e 80 mil combatendo contra 80 mil? Por que não 135 mil contra 135 mil? Por que não 20 mil contra 20 mil? Por que não um contra

[3] Tratava-se de um telégrafo semafórico, que auxiliava na comunicação entre as posições fortificadas de Sebastopol. (N. do T.)

[4] Elevação arredondada ao sul de Sebastopol. Ali ficaram estacionadas as tropas britânicas durante o cerco. (N. do T.)

[5] As forças aliadas eram formadas pelos exércitos da França, Inglaterra, Turquia e do reino da Sardenha. (N. do T.)

um? De modo algum uma coisa é mais lógica que a outra. Esta última, pelo contrário, é muito mais lógica, porque é mais humana. De duas, uma: ou a guerra é uma loucura, ou, se as pessoas fazem essa loucura, elas de modo algum são criaturas racionais, como, por algum motivo, tornou-se comum pensarmos.

II

Na cidade sitiada de Sebastopol, no bulevar junto ao pavilhão, a banda do regimento tocava sua música, e multidões de militares e de mulheres moviam-se festivamente pelas vias.

O brilhante sol de primavera nascera, de manhã, por sobre as obras dos ingleses, passara aos bastiões, depois à cidade — à caserna Nikoláievskaia — e, brilhando com igual alegria para todos, agora descia em direção ao longínquo mar azul, que, ondulando cadenciadamente, brilhava com um resplendor prateado.

Um oficial de infantaria, alto e um pouco encurvado, calçando uma luva não inteiramente branca, mas asseada, saiu pela cancela de uma das pequenas casinhas de marinheiros construídas no lado esquerdo da rua Morskaia, e, olhando com ar pensativo para o chão, dirigiu-se montanha acima em direção ao bulevar. A expressão do rosto desse oficial, feio e de testa baixa, denunciava certo embotamento das faculdades mentais, mas, ao mesmo tempo, sensatez, honestidade e propensão para a decência. Ele tinha má compleição — de pernas compridas, desajeitado e de movimentos como que acanhados. Vestia um quepe pouco gasto, um capote fino, de uma cor lilás um pouco estranha, por baixo do qual se via a correntinha dourada do relógio; calças com presilhas e botas de pele de bezerro, limpas, brilhantes, ainda que com saltos um tanto desgastados em mais de um dos lados. Mas nem tanto por essas coisas, que não se encontram geralmente num oficial de infantaria, quanto pela expressão geral de sua figura é que o experiente olho militar logo distinguia nele um oficial de infantaria não de todo convencional, e sim de nível um pouco mais elevado. Deveria ser ou um alemão, se os traços do rosto não denunciassem sua origem puramente russa, ou um ajudante de ordens, um quartel-mestre de regimento (mas neste caso teria esporas) ou um oficial, que durante o período de campanha fora transferido da cavalaria ou talvez da guarda. E ele fora de fato transferido da cavalaria e, no presente momento, ao subir em direção ao bulevar, pensava na carta que acabara de receber de um ex-companheiro, agora reformado, proprietário de terras na província de T., e de sua esposa, a pálida Natacha de olhos azuis, sua grande amiga. Ele se lembrava de uma passagem da carta, em que o companheiro escrevia:

"Quando nos trazem o *Inválido*,[6] a Pupka (assim o ulano reformado chamava sua esposa) sai correndo a toda a pressa para a entrada, agarra o jornal e corre com ele para *o banco em formato de S* no *caramanchão*, para *a sala de estar* (na qual, está lembrado, passamos maravilhosas noites de inverno com você, quando o regimento esteve em nossa cidade), e lê os feitos heroicos *de vocês* com tal entusiasmo, que você nem pode imaginar. Ela frequentemente fala de você: 'Aí está o Mikháilov', ela diz, 'é um *encanto de pessoa*. Estou disposta a beijá-lo quando o vir. Ele *está combatendo nos bastiões* e certamente receberá a Cruz de São Jorge, e os jornais escreverão sobre ele', etc. etc., de modo que eu definitivamente começo a ter ciúme de você." Em outra passagem, ele escreve: "Os jornais nos chegam com imenso atraso,

[6] O *Russo Inválido* (*Rússki Invalid*) era um jornal oficial do exército russo, publicado de 1813 a 1917. (N. do T.)

e, embora corram muitas notícias de boca em boca, não se pode acreditar em todas. Por exemplo, *as senhoritas da música*, conhecidas suas, contavam ontem que Napoleão teria sido capturado por cossacos nossos e enviado a Petersburgo, mas você entende o quanto eu acredito nisso. Um recém-chegado de Petersburgo também nos contava (ele veio da parte do ministro, em missão especial, homem agradabilíssimo, e, agora, que não há ninguém na cidade, é tamanha *rissource* para nós, que você nem pode imaginar) — pois ele diz com segurança que os nossos tomaram Eupatória, *de modo que os franceses não têm mais comunicação com Balaclava*, e que nisso foram mortos duzentos homens nossos, enquanto dos franceses foram até 15 mil.[7] Na ocasião minha esposa ficou tão extasiada, que *caiu na farra* a noite toda e diz que, certamente, por um pressentimento dela, você esteve nessa ação e distinguiu-se...".

Apesar das palavras e expressões que eu deliberadamente marquei em itálico e do tom geral da carta, a partir dos quais o leitor altivo decerto terá formado uma noção genuína e desfavorável no que diz respeito à decência do próprio subcapitão Mikháilov, de botas surradas, e de seu companheiro, que escreve *rissource* e tem noções tão estranhas de geografia, e sua pálida amiga *no banco em formato de S* (talvez tendo até imaginado, e com algum fundamento, essa Natacha com as unhas sujas), e, em geral, de todo aquele imundo e vão círculo provinciano, que lhe era desprezível, o subcapitão Mikháilov lembrou-se com um prazer indescritivelmente triste de sua pálida amiga da província e de como eles outrora passavam as noites no caramanchão e falavam de *sentimentos*, lembrou-se de seu bom companheiro ulano —

[7] Não só Eupatória e Balaclava foram tomados definitivamente pelos Aliados em setembro e outubro de 1854, como os dois locais estão a mais de 100 km de distância por terra. (N. do T.)

de como ele se irritava e perdia a aposta quando eles, à época, organizavam uma partidinha no escritório, apostando copeques, de como a esposa ria-se dele —, lembrou-se da amizade que aquelas pessoas tinham por ele (ao que lhe parecia, talvez fosse algo a mais de parte da amiga pálida); todos aqueles rostos e suas imediações passaram-lhe pela imaginação numa luz surpreendentemente doce, deliciosamente rosada, e ele, sorrindo com suas recordações, tocou com a mão o bolso em que estava aquela carta, que lhe era *estimada*. Essas recordações tinham ainda mais encanto para o subcapitão Mikháilov pelo fato de que o círculo com que ele tinha que conviver agora, no regimento de infantaria, era muito mais baixo que aquele que frequentara antes, como cavalariano e cavalheiro galanteador, bem recebido em toda parte na cidade de T.

Seu círculo precedente era a tal ponto mais elevado que o atual, que, nos momentos de franqueza, quando acontecia de ele contar a seus companheiros de infantaria que antes tinha a sua própria *drójki*,[8] que dançava nos bailes na casa do governador e jogava cartas com um general civil,[9] eles o escutavam com ar indiferente e desconfiado, como se não desejassem contradizê-lo e provar o contrário — como se dissessem "deixe que fale" —, e, se ele não manifestava um desprezo evidente pela farra dos companheiros — pela vodca, pelo jogo, cuja banca era de cinco rublos, e, no geral, pela grosseria de suas atitudes —, isso deve ser atribuído à peculiar docilidade, à sociabilidade e à sensatez de seu caráter.

Das recordações, o subcapitão Mikháilov passou involuntariamente aos sonhos e esperanças. "E qual não será a surpresa e a alegria de Natacha", pensava ele, caminhando

[8] Carruagem leve de capota aberta. (N. do T.)

[9] No Império Russo, o serviço civil possuía patentes semelhantes às do serviço militar. (N. do T.)

por uma travessinha estreita com suas botas surradas, "quando ela de repente ler no *Inválido* a descrição de como eu fui o primeiro a subir no canhão e que recebi a Cruz de São Jorge! Em razão dessa recomendação, devo me tornar capitão. Depois, será muito fácil, ainda neste ano, eu virar major no *front*, pois muitos dos nossos já foram abatidos, e decerto muitos outros ainda serão, nesta campanha. E depois haverá ação outra vez, e eu, sendo conhecido, serei encarregado de um regimento... Tenente-coronel... Ordem de Santa Anna no peito... Coronel...", e ele já era um general concedendo uma visita a Natacha, a viúva de seu colega, que até lá, em seu sonho, teria morrido, quando os sons da música no bulevar chegaram mais claramente a seus ouvidos, montes de gente lançaram-se a seus olhos, e ele se viu no bulevar, novamente um subcapitão de infantaria, sem nenhuma importância, tímido e desajeitado.

III

Ele se aproximou primeiro do pavilhão, ao lado do qual estavam os músicos, para os quais, na falta de estantes, outros soldados do mesmo regimento seguravam abertas as partituras, e ao redor dos quais, mais olhando que escutando, escrivães, cadetes, amas com crianças e oficiais com capotes dos antigos[10] formavam um círculo. Ao redor do pavilhão havia gente de pé, sentada ou caminhando, na maior parte marinheiros, ajudantes de ordens e oficiais de luvas brancas e capotes dos novos. Pela grande alameda do bulevar cami-

[10] Alexandre II tornou-se tsar em março de 1855, após a morte de Nicolau, e uma de suas primeiras medidas foi decretar novos uniformes para todas as forças armadas do Império Russo. Porém, boa parte dos militares de baixa patente não tinha recursos para adquiri-los. (N. do T.)

nhavam oficiais de todos os tipos e mulheres de todos os tipos — de vez em quando de chapéu, a maior parte de lencinho (havia também as sem lencinho e sem chapéu), mas nenhuma era velha, e era admirável que todas fossem jovens. Descendo pelas sombreadas e aromáticas alamedas de acácias brancas, havia grupos isolados, caminhando ou sentados.

Ninguém ficou particularmente satisfeito ao encontrar-se, no bulevar, com o subcapitão Mikháilov, à exceção, talvez, do capitão Objógov e do capitão Súslikov, de seu regimento, que lhe apertaram a mão com ardor; mas o primeiro usava calças de pelo de carneiro, sem luvas, com um capote esfarrapado e um rosto todo vermelho e suado, e o segundo gritava de maneira tão ruidosa e desembaraçada, que dava vergonha andar com eles, especialmente diante dos oficiais de luvas brancas (dentre eles, o subcapitão Mikháilov cumprimentou um — um ajudante de ordens —, e poderia ter cumprimentado outro — um oficial-superior — porque se encontrara com ele duas vezes na casa de um conhecido mútuo). Ademais, que havia de divertido em passear com aqueles senhores Objógov e Súslikov quando ele de qualquer maneira encontrava-os seis vezes ao dia e apertava-lhes a mão? Não fora para isso que ele viera à música.

De modo algum ele gostaria de se aproximar do ajudante de ordens que cumprimentara e conversar com aqueles senhores apenas para que os capitães Objógov e Súslikov, o tenente Pachtétski e os outros vissem, mas simplesmente por serem eles pessoas agradáveis, que, ademais, sabem de todas as novidades — talvez contassem alguma coisa...

Mas por que é que o subcapitão Mikháilov tem medo e não ousa aproximar-se deles? "E se de repente não me cumprimentam", pensa ele, "ou cumprimentam e continuam a falar entre si, como se eu não existisse, ou afastam-se de vez, e eu fico ali sozinho em meio aos *aristocratas*?" A palavra *aristocratas* (no sentido de um círculo elevado, seleto, em qualquer classe que seja) de uns tempos para cá adquiriu grande popularidade aqui na Rússia, onde aparentemente ela não deveria existir em absoluto, e penetrou todas as regiões e todas as camadas da sociedade onde antes penetrara apenas a vaidade (e em que condições do tempo e das circunstâncias não penetra essa paixãozinha ignóbil?) — entre mercadores, funcionários públicos, escrivães, oficiais, em Sarátov, em Mamadych, em Vínnitsa e em todo lugar onde há gente. E, como há muita gente na cidade sitiada de Sebastopol, há, por conseguinte, muita vaidade, ou seja, há também *aristocratas*, apesar de que a cada momento a morte paira sobre a cabeça de cada um — *aristocrata* ou não.

Para o capitão Objógov, o subcapitão Mikháilov é um *aristocrata* porque tem o capote e as luvas limpas, e por isso ele não pode suportá-lo, embora respeite-o um pouco; para o subcapitão Mikháilov, o ajudante de ordens Kalúguin é um *aristocrata* porque é ajudante de ordens e trata com familiaridade os outros ajudantes de ordens, e, por isso, Mikháilov não lhe tem muita simpatia, embora tenha medo dele. Para o ajudante de ordens Kalúguin, o conde Nórdov é um *aristocrata* e está sempre o ofendendo e desprezando em seu coração, por ser um ajudante de campo.[11] É horrível a palavra *aristocrata*. Por que é que o subtenente Zóbov ri de maneira tão forçada, embora não haja nada de engraçado, quando passa ao lado de seu colega, que está sentado com um oficial-superior? Para lhes provar que, embora ele não seja um *aristocrata*, ainda assim não é em nada pior que eles. Por que é que o oficial-superior fala com voz tão fraca, preguiçosa e triste, nada parecida com a sua? Para provar a seu interlocutor que ele é um *aristocrata*, e que é muito benevolente por estar conversando com um subtenente. Por que é que o ca-

[11] No original, *flíguel-adiutant*: título de honra concedido, no século XIX, aos oficiais que compunham a comitiva do tsar. (N. do T.)

dete tanto gesticula e pisca enquanto vai atrás de uma dama que está vendo pela primeira vez e da qual não ousa de jeito nenhum aproximar-se? Para provar a todos os oficiais que, embora ele lhes tire o chapéu, ainda assim é um *aristocrata* e se diverte muito. Por que o capitão de artilharia tratou com tanta grosseria o bondoso ordenança? Para provar a todos que ele nunca bajula ninguém e que não precisa dos *aristocratas* etc. etc. etc.

Vaidade, vaidade e vaidade por toda parte — mesmo à beira do túmulo e entre pessoas dispostas a morrer por uma convicção elevada. Vaidade! Esse deve ser o traço característico e a doença peculiar do nosso século. Por que é que entre os antigos não se ouvia falar dessa paixão, como da varíola ou da cólera? Por que é que, em nosso século, há só três tipos de pessoas: uns que entendem o princípio da vaidade como um fato cuja existência é necessária e, por isso, justo, e que se submetem livremente a ele; outros, que o entendem como uma condição infeliz, mas insuperável; e os terceiros, que, de maneira inconscientemente servil, agem sob sua influência? Por que é que gente como Homero e Shakespeare falava de amor, glória e sofrimento, enquanto a literatura do nosso século não passa de uma interminável história sobre esnobes e vaidade?[12]

O subcapitão passou duas vezes, indeciso, pelo círculo dos *seus* aristocratas, e na terceira vez fez um esforço e aproximou-se deles. Esse círculo era composto por quatro oficiais: o ajudante de ordens Kalúguin, conhecido de Mikháilov, o ajudante de ordens príncipe Gáltsin, que era até, para o próprio Kalúguin, um pouquinho aristocrata, o tenente-coronel Nefiérdov — um dos chamados "cento e vinte e dois leigos", homens da sociedade que, após a reforma, reingressaram no

[12] Uma alusão a *The Book of Snobs* (1847) e *Vanity Fair* (1848), romances de William Thackeray. (N. do T.)

serviço, motivados em parte por patriotismo, em parte por ambição, e sobretudo pelo fato de que *todo mundo* estava fazendo aquilo —, velho solteirão dos clubes moscovitas, que ali se unira ao grupo dos descontentes, que não faziam nada, não entendiam nada e condenavam todas as disposições da chefia, e o capitão de cavalaria Praskúkhin, também um desses "cento e vinte e dois" heróis. Para a alegria de Mikháilov, Kalúguin estava de excelente humor (o general acabara de falar com ele em tom bastante confidente, e o príncipe Gáltsin, ao chegar de Petersburgo, ficara em sua casa) e não considerou humilhante apertar a mão do subcapitão Mikháilov, o que Praskúkhin, porém, não se arriscou a fazer, ele que encontrava Mikháilov com frequência no bastião, que mais de uma vez bebera vinho e vodca com ele e que até lhe devia doze rublos e cinquenta copeques do *préférence*.[13] Sem conhecer muito bem ainda o príncipe Gáltsin, não queria evidenciar diante dele sua relação com um simples subcapitão da infantaria; ele fez uma leve reverência ao outro.

— Então, capitão — disse Kalúguin —, quando vamos de novo ao bastiãozinho? Lembra-se de quando nos encontramos no reduto de Schwartz?[14] Estava quente, hein?

— Sim, estava quente — disse Mikháilov, relembrando, com pesar, a triste figura que fizera quando, naquela noite, encurvado, enfiando-se pela trincheira em direção ao bastião, ele encontrara Kalúguin, que avançava, corajoso, retinindo o sabre com ânimo.

— A bem da verdade, eu deveria ir amanhã — continuou Mikháilov —, mas temos um oficial doente, então... — Ele queria contar que não era a vez dele, mas, como o comandante da oitava companhia não estava bem de saúde, e

[13] Jogo de cartas semelhante ao *bridge*. (N. do T.)

[14] Reduto comandado pelo almirante Mikhail Pávlovitch Schwartz (1826-1896). (N. do T.)

na companhia só restava um sargento, ele considerou sua obrigação oferecer-se no lugar do tenente Nepchitchétski e por isso estava indo hoje ao bastião. Kalúguin não o ouviu até o fim.

— Mas estou sentindo que alguma coisa vai acontecer por esses dias — disse ele ao príncipe Gáltsin.

— E hoje, não pode acontecer alguma coisa? — perguntou Mikháilov, tímido, olhando ora para Kalúguin, ora para Gáltsin. Ninguém lhe respondeu. O príncipe Gáltsin só fez uma espécie de careta, lançou seu olhar por cima do quepe do outro e, depois de um breve silêncio, disse:

— Que bela moça essa de lenço vermelho. O senhor por acaso a conhece, capitão?

— É de perto do meu alojamento, filha de um marinheiro — respondeu o subcapitão.

— Vamos até lá dar uma boa olhada nela.

E o príncipe Gáltsin pegou pelo braço Kalúguin de um lado, o subcapitão do outro, convicto de antemão de que isso não podia deixar de proporcionar a esse último uma grande satisfação, o que era de fato justo.

O subcapitão era supersticioso e considerava um grande pecado ir atrás de mulheres antes do serviço, mas, naquele caso, fez-se passar por libertino, no que nitidamente o príncipe Gáltsin e Kalúguin não acreditavam e o que deixou extremamente surpresa a donzela de lenço vermelho, que mais de uma vez percebera que o subcapitão corava ao passar por sua janela.

Praskúkhin caminhava mais atrás e não parava de tocar o braço do príncipe Gáltsin, fazendo diversas observações em francês; mas, como não era possível que quatro pessoas andassem pela vereda, ele foi forçado a ir sozinho e só na segunda volta pegou pelo braço o oficial da Marinha Serviáguin, conhecido por sua valentia, que se aproximara e começara a falar com ele, também desejoso de unir-se ao círculo dos *aristocratas*. E o valente notório meteu, com alegria, seu braço musculoso e honrado por baixo do cotovelo de Praskúkhin, conhecido por todos e pelo próprio Serviáguin por não ser uma pessoa muito boa. Mas quando Praskúkhin, que explicava ao príncipe Gáltsin sua relação com *aquele* marinheiro, sussurrou-lhe que aquele era um valente notório, o príncipe, que no dia anterior estivera no quarto bastião e vira uma bomba estourar a vinte passos de onde estava, considerando-se não menos valente que aquele senhor, e presumindo que muitíssimas reputações são adquiridas a troco de nada, não deu qualquer atenção a Serviáguin.

Era tão agradável ao subcapitão Mikháilov passear naquela companhia, que ele se esqueceu de sua *estimada* carta de T. e dos pensamentos sombrios que o assediavam mediante a iminente ida ao bastião. Ele permaneceu com eles até o momento em que começaram a falar exclusivamente entre si, evitando seus olhares, dando-lhe a entender que podia ir embora, e finalmente afastaram-se dele de vez. Mas o subcapitão mesmo assim ficou contente e, ao passar pelo barão Pest, um cadete que estava particularmente orgulhoso e presunçoso desde a noite anterior, que ele passara pela primeira vez no abrigo subterrâneo do quinto bastião, considerando-se, em decorrência disso, um herói, não ficou nem um pouco incomodado com a expressão desconfiada e arrogante com que o cadete endireitou-se e tirou o quepe diante dele.

IV

Mas, assim que o subcapitão cruzou a soleira de seu alojamento, pensamentos completamente diferentes vieram-lhe à cabeça. Ele viu seu pequeno quartinho, com chão irregular de terra e janelas tortas, tapadas com papel, sua velha cama, sobre a qual ficava pregado um tapete com a imagem de uma amazona e de onde pendiam duas pistolas de Tula, o leito sujo, com uma manta de chita, do cadete que morava com ele; viu seu Nikola, que, com os cabelos eriçados e sebentos, coçando-se, levantava-se do chão; viu seu velho capote, suas botas pessoais e sua trouxa, da qual assomavam a ponta de um queijo-sabão[15] e o gargalo de uma garrafa de cerveja pórter com vodca dentro, preparada para ele no bastião, e, com um sentimento semelhante ao terror, lembrou-se de repente de que, naquele dia, tinha que ir com a companhia ao entrincheiramento, para passar a noite inteira.

"Seguramente eu é que serei morto hoje", pensava o subcapitão, "estou sentindo. E o pior é que eu não precisava ir, eu mesmo me ofereci. E aquele que insiste para ir sempre é morto. E qual foi a doença que esse maldito Nepchitchétski pegou? É muito provável que não tenha doença nenhuma, e por causa dele um homem será morto lá, certamente será morto. Aliás, se não for morto, provavelmente será recomendado. Eu vi que o comandante do regimento gostou quando eu pedi permissão para ir caso o tenente Nepchitchétski estivesse doente. Se não virar major, a ordem de São Vladímir é certeza. Afinal, já é a décima terceira vez que eu vou ao bastião. Ai, treze! Número ruim. Certamente serei morto, estou sentindo que serei morto; mas alguém tinha que ir, a companhia não pode ir com um sargento. E, aconteça o que acontecer, a honra do regimento, a honra do exército depende disso. Meu *dever* era ir... sim, um dever sagrado. Mas tenho um pressentimento." O subcapitão esquecia que semelhantes pressentimentos, em grau mais ou menos forte, acometiam-lhe toda vez que precisava ir ao bastião, e não sabia que os mesmos pressentimentos, em grau mais ou menos forte, eram

[15] Não se sabe ao certo a que Tolstói se refere nesta passagem, mas possivelmente trata-se do queijo de origem grega *kefalotyri*, feito com leite de cabra ou de ovelha. (N. do T.)

experimentados por todos que iam à ação. Depois de tranquilizar-se um pouco com a noção do dever, que, no subcapitão, e, de maneira mais geral, em todas as pessoas limitadas, era especialmente desenvolvida e forte, ele sentou-se à mesa e começou a escrever uma carta de despedida para o pai, com quem, nos últimos tempos, não estivera propriamente em bons termos, por questões de dinheiro. Dez minutos depois, terminada a carta, levantou-se da mesa com olhos molhados de lágrimas e, recitando mentalmente todas as orações que sabia (porque tinha vergonha de rezar a Deus em voz alta na frente de seu criado), começou a vestir-se. Teve ainda muita vontade de beijar a imagem de Mitrofáni,[16] bênção da falecida mãezinha e pelo qual tinha particular devoção, mas, como tinha vergonha de fazer isso na frente de Nikola, puxou a imagem para fora da sobrecasaca, de maneira que pudesse alcançá-la na rua sem ter que desabotoar-se.

O criado, bêbado e rude, entregou-lhe com ar preguiçoso uma nova sobrecasaca (a velha, que o subcapitão geralmente usava quando ia ao bastião, não fora remendada).

— Por que a sobrecasaca não foi remendada? Se fosse por você, só ficava dormindo, que sujeito! — disse Mikháilov, irritado.

— Como, dormindo? — resmungou Nikita. — A gente corre o dia inteiro, como um cão; na certa fica esfalfado, e ainda nem pode dar um cochilo.

— Está bêbado de novo, estou vendo.

— Não foi com o seu dinheiro que eu bebi, para o senhor ficar me passando reprimenda.

— Quieto, sua besta! — gritou, pronto para bater no criado, o subcapitão, que, antes já aflito, agora estava definitivamente fora de si e magoado pela grosseria de Nikita, de

[16] Mitrofan ou Mitrofáni (1623-1703), bispo de Vorónej e depois santo da Igreja Ortodoxa, a quem se atribuem poderes de cura. (N. do T.)

quem gostava, e até mimava, e com quem já vivia havia doze anos.

— Besta? Besta? — repetiu o serviçal. — E por que é que me xinga de besta, meu senhor? Agora lá é momento disso? Não é bom xingar.

Mikháilov lembrou-se do lugar para onde estava indo e ficou envergonhado.

— É que você acaba com a paciência de qualquer um, Nikita — disse ele, com voz dócil. — Essa carta para o meu pai, em cima da mesa, deixe-a aí e não toque nela — acrescentou ele, enrubescendo.

— Pois não, senhor — disse Nikita, comovido graças ao efeito do vinho, que ele bebera, como dissera, "*do próprio bolso*", e batendo as pálpebras com visível desejo de chorar.

Mas, quando o subcapitão, no alpendre, disse: "Adeus, Nikita", ele de repente desabou num pranto forçado e correu para beijar a mão de seu patrão. "Adeus, patrão!", disse ele, soluçando. Uma velha esposa de marinheiro, que estava também no alpendre, não pôde deixar, como mulher, de unir-se àquela cena sentimental, e começou a esfregar os olhos com suas mangas sujas, repetindo qualquer coisa a respeito de que, mesmo sendo senhores, eles também sofriam tormentos, e que ela, pessoa pobre, ficara viúva, e contou pela centésima vez ao bêbado Nikita de seu infortúnio: de como o marido fora morto já no primeiro *bardeio*, e de como a casinha dela fora toda destruída (aquela em que morava não lhe pertencia) etc. etc. Depois da partida do patrão, Nikita pôs-se a fumar seu cachimbo, pediu que a menina do dono da casa fosse buscar vodca e, bem rapidamente, parou de chorar, pelo contrário, até trocou xingamentos com a velha por causa de um baldezinho seu que ela teria quebrado.

"Talvez eu seja só ferido", cogitou para si o subcapitão, aproximando-se com a companhia, já no crepúsculo, do bastião. "Mas onde? Talvez aqui? Ou aqui?", pensou ele, apontando mentalmente para a barriga e para o peito. "Se fosse aqui", ele pensava na parte superior da perna, "contornaria. Mas mesmo assim deve doer. Já se for aqui, e se for um estilhaço, acabou!"

Porém, encurvando-se pelas trincheiras, o subcapitão alcançou com êxito o entrincheiramento; junto com o oficial sapador, dispôs o pessoal em suas tarefas e, já em plena escuridão, sentou-se num pequeno fosso junto ao parapeito. Havia pouco tiroteio; só de vez em quando estourava um relâmpago ora do nosso lado, ora do lado *dele*, e o detonador reluzente de uma bomba traçava um arco de fogo no céu escuro e estrelado. Mas todas as bombas caíam longe, para trás ou à direita do entrincheiramento em que estava o subcapitão, sentado num fosso, de maneira que ele se acalmou parcialmente, tomou um pouco da vodca, comeu um pouco do queijo-sabão, fumou um cigarro e, depois de rezar a Deus, sentiu vontade de cochilar um pouco.

V

O príncipe Gáltsin, o tenente-coronel Nefiérdov, o cadete barão Pest, que se encontrara com eles no bulevar, e Praskúkhin, que ninguém convidara, com quem ninguém falava, mas que não se separava deles — todos foram, do bulevar, beber chá com Kalúguin.

— Então, você não terminou de me contar sobre o Vaska Mendel — disse Kalúguin, depois de tirar o capote, sentado junto à janela numa poltrona macia e confortável e desabotoando a gola de sua limpa e engomada camisa holandesa[17] —, como é que ele se casou?

[17] Denominação dada a certas camisas feitas de linho fino, um tecido muito caro à época e que era importado da Holanda. (N. do T.)

— É de rolar de rir, meu amigo, *je vous dis, il y avait un temps où on ne parlait que de ça à Pétersbourg*[18] — disse o príncipe Gáltsin, rindo e dando saltinhos no lugar em que estava sentado, junto ao piano, indo depois sentar-se na janela, ao lado de Kalúguin —, é simplesmente de rolar de rir. E eu sei de tudo isso em detalhes... — E começou a contar, com alegria, inteligência e desenvoltura, uma história de amor, que deixaremos de lado, por não nos interessar.

Mas é notável o fato de que não só o príncipe Gáltsin, como também todos aqueles senhores ali acomodados, uns na janela, outros de pernas para o alto, outros ao piano, pareciam pessoas completamente diferentes do que eram no bulevar: não havia aquela altivez risível, aquela arrogância que eles demonstravam aos oficiais de infantaria; aqui, estavam em meio aos seus, em seu ambiente, especialmente Kalúguin e o príncipe Gáltsin, rapazes muito simpáticos, alegres e bondosos. A conversa girava em torno de colegas de serviço e conhecidos de Petersburgo:

— E o Maslóvski?

— Qual deles? O ulano imperial ou o cavaleiro da guarda?

— Conheço ambos. O cavaleiro da guarda na minha época era um menininho, tinha acabado de sair da escola. E o mais velho é o quê, capitão de cavalaria?

— Ah, já faz tempo!

— E então, ainda às voltas com aquela cigana dele?

— Não, largou... — e outras coisas do gênero.

Depois, o príncipe Gáltsin sentou-se ao piano e cantou maravilhosamente uma canção cigana. Praskúkhin, embora ninguém tivesse pedido, começou a fazer a segunda voz, e tão

[18] Em francês, no original: "Eu lhes digo, houve um tempo em que não se falava de outra coisa em Petersburgo". (N. do T.)

bem, que até pediram que continuasse a cantar, com o que ficou muito satisfeito.

Um criado entrou trazendo chá com creme e rosquinhas numa bandeja de prata.

— Sirva o príncipe — disse Kalúguin.

— É até estranho pensar — disse Gáltsin, pegando um copo e afastando-se na direção da janela — que estamos aqui, numa cidade sitiada: danças ao piano, chá com creme, um alojamento de um tipo que, juro, eu gostaria de ter em Petersburgo.

— Mas se nem isso tivesse — disse o velho tenente-coronel, descontente com tudo —, seria simplesmente insuportável essa expectativa constante por alguma coisa... ver todo dia a gente combatendo, combatendo, e não chega ao fim... Se além disso tivesse que viver na lama e não houvesse comodidades.

— E nossos oficiais de infantaria — disse Kalúguin —, que vivem nos bastiões com os soldados, nos abrigos subterrâneos, comendo o borche[19] dos soldados, como é para eles?

— Isso é uma coisa que eu não entendo e em que, confesso, não consigo acreditar — disse Gáltsin —, que homens com roupa de baixo suja, com piolhos e mãos sem lavar, possam ser valentes. Aquilo, sabe, *cette belle bravoure de gentilhomme*,[20] ela não pode existir.

— E eles nem entendem essa valentia — disse Praskúkhin.

— Mas que bobagem está dizendo — interrompeu Kalúguin, irritado —, pois eu já os vi aqui mais do que você e sempre digo, em toda parte, que os nossos oficiais de infantaria, embora estejam mesmo cheios de piolhos e passem uns

[19] Sopa de beterraba típica dos países eslavos. (N. do T.)

[20] "Essa bela valentia de fidalgo." (N. do T.)

dez dias sem trocar a roupa de baixo, são heróis — admiráveis heróis.

Nesse momento, um oficial de infantaria entrou no cômodo.

— Eu... recebi a ordem... posso me apresentar ao gene... a sua excelência, da parte do general N. N.?[21] — perguntou ele, acanhado e fazendo uma reverência.

Kalúguin levantou-se mas, sem responder à reverência do oficial, com uma cortesia ofensiva e um sorriso forçado e formal, perguntou ao oficial se ele não desejava esperar e, sem convidá-lo a sentar-se, sem dar-lhe mais atenção, virou-se para Gáltsin e começou a falar em francês, de maneira que o pobre oficial, permanecendo no meio do cômodo, não sabia rigorosamente o que fazer com sua pessoa e com suas mãos sem luvas, que pendiam diante de si.

— É para tratar de um assunto extremamente urgente — disse o oficial, depois de um minuto de silêncio.

— Ah! então faça o favor — disse Kalúguin com o mesmo sorriso ofensivo, vestindo o capote e conduzindo-o à porta.

— *Eh bien, messieurs, je crois que cela chauffera cette nuit*[22] — disse Kalúguin, saindo da sala do general.

— Mas o que é? O que é? Surtida?

— Aí eu não sei, vocês verão por conta própria — respondeu Kalúguin com um sorriso misterioso.

— Mas diga — disse o barão Pest —, pois, se houver alguma coisa, eu terei que ir à surtida com o regimento T.

— Pois então vá com Deus.

— Meu comandante também está no bastião, portanto também terei que ir — disse Praskúkhin, vestindo o sabre.

[21] Abreviação de "nomen nescio" (do latim: "nome desconhecido"). (N. do T.)

[22] "Bem, senhores, parece que hoje à noite vai esquentar." (N. do T.)

Mas ninguém lhe respondeu: ele mesmo deveria saber se teria que ir ou não.

— Não há de ser nada, já estou sentindo — disse o barão Pest, pensando, com o coração apertado, na ação que tinham pela frente, mas pondo o quepe de lado, com audácia, e saindo do cômodo com passadas firmes, justamente com Praskúkhin e Nefiérdov, que também iam apressados para seus postos com um pesado sentimento de medo. "Adeus, senhores!" "Até logo, senhores! Hoje mesmo nos veremos, à noite!", gritou Kalúguin da janela, enquanto Praskúkhin e Pest, inclinados sobre o arção de suas selas cossacas, talvez imaginando-se cossacos, iam trotando pela estrada.

O tropel dos cavalos cossacos logo calou-se na rua escura.

— *Non, dites-moi, est-ce qu'il y aura véritablement quelque chose cette nuit?*[23] — disse Gáltsin, inclinado com Kalúguin na janela e olhando para as bombas que passavam acima dos bastiões.

— Para você eu posso contar, sabe, afinal você esteve nos bastiões, não? (Gáltsin fez um sinal afirmativo, embora só tivesse ido uma vez ao quarto bastião.) Então, de frente para a nossa luneta[24] havia uma trincheira — e Kalúguin, homem que não era especialista, embora considerasse bastante corretos os seus juízos militares, começou a contar, de maneira um pouco confusa e misturando os termos da fortificação, sobre as posições das obras tanto dos nossos como do inimigo, e o plano da ação que disto se presumia.

— Mas estão começando a lançar ali perto dos entrincheiramentos. Veja só! Essa é nossa ou *dele*? Explodiu ali — diziam eles, estirados na janela, olhando para as ígneas linhas

[23] "Não, diga-me, haverá realmente alguma coisa esta noite?" (N. do T.)

[24] Reduto com flancos numa fortificação. (N. do T.)

das bombas que cruzavam o ar, para o relampejar dos disparos, para o céu azul-escuro, que se iluminava por um instante, e para a fumaça branca da pólvora, ouvindo com atenção os sons do tiroteio, que ficavam cada vez mais fortes.

— *Quel charmant coup d'œil!*[25] Hein? — disse Kalúguin, chamando a atenção de seu hóspede para aquele espetáculo realmente belo. — Sabe, às vezes não dá para distinguir as estrelas das bombas.

— Sim, agora mesmo eu estava pensando que era uma estrela, mas aí ela caiu e explodiu. E essa estrela grande, qual é o nome dela? Parece uma bomba.

— Sabe, estou tão acostumado com essas bombas, que estou certo de que, na Rússia, numa noite estrelada, terei a impressão de serem todas bombas, a tal ponto estou acostumado.

— Mas será que eu não devo ir a essa surtida? — disse o príncipe Gáltsin depois de um breve silêncio, estremecendo só com a ideia de estar *lá*, durante uma canhonada tão terrível, e pensando, com prazer, que de modo algum poderiam mandá-lo para lá naquela madrugada.

— Basta, meu amigo, nem pense nisso, e eu nem deixaria você sair — respondeu Kalúguin, sabendo muito bem, no entanto, que Gáltsin de modo algum iria. — Vai ter tempo para isso, meu amigo.

— Sério? Acha mesmo que não precisa ir? Hein?

Naquele momento, na direção para a qual aqueles senhores olhavam, além do ruído de artilharia, ouviram-se os horríveis estalidos dos rifles, e milhares de pequenas chamas, irrompendo continuamente, reluziram por toda a linha.

[25] Em francês, no original: "Que belo vislumbre!". Ironicamente, no jargão militar, o *coup d'œil* é a habilidade de um comandante de discernir, num rápido passar de olhos, as vantagens e desvantagens de um terreno. (N. do T.)

— Agora é que começou de verdade! — disse Kalúguin. — Eu não consigo ouvir com sangue-frio esse som dos rifles, parece que me toca o coração, sabe? E agora o "hurra" — acrescentou ele, ouvindo atentamente o distante e prolongado ruído de centenas de vozes — "aaaaah!" — que chegavam até ele, vindo do bastião.

— De quem é esse hurra? Deles ou nosso?

— Não sei, mas agora já começou o combate corpo a corpo, porque o tiroteio cessou.

Nesse momento, debaixo da janela, veio galopando até a entrada um oficial-ordenança, com um cossaco, e apeou do cavalo.

— De onde está vindo?

— Do bastião. Precisamos do general.

— Vamos. O que houve?

— Atacaram os entrincheiramentos... foram tomados... Os franceses trouxeram reservas enormes... atacaram os nossos... só havia dois batalhões — disse, ofegante, aquele mesmo oficial que viera à noite, tomando fôlego com esforço, mas indo em direção à porta com grande desenvoltura.

— E então, recuaram? — perguntou Gáltsin.

— Não — respondeu o oficial em tom áspero —, um batalhão chegou a tempo, conseguiram rechaçar, mas o comandante do regimento foi morto, e muitos oficiais, tenho ordem de solicitar reforços...

E, com essas palavras, ele e Kalúguin foram ao alojamento do general, aonde nós não haveremos de acompanhá-los.

Cinco minutos depois, Kalúguin já estava montado em seu cavalo cossaco (e, novamente, com aquela postura semicossaca que, como observei, todos os ajudantes de ordens tomam por algo particularmente agradável) e saía a trote curto na direção do bastião, para comunicar ali certas ordens e aguardar as notícias do resultado definitivo da ação; já o príncipe Gáltsin, influenciado por aquela grave agitação, produzida por indícios extraordinariamente próximos da ação num espectador que não toma parte dela, saiu para a rua e, sem qualquer objetivo, começou a caminhar de lá para cá.

VI

Multidões de soldados carregavam os feridos em macas ou levavam-nos pelo braço. Na rua, estava completamente escuro; só bem de vez em quando acendia-se uma luz na janela do hospital ou do alojamento dos oficiais que tinham ficado até tarde. Dos bastiões, ouvia-se o mesmo estrondo das peças e das trocas de tiros de rifle, e as mesmas chamas irrompiam contra o céu negro. De quando em quando, ouvia-se o tropel do cavalo de um ordenança que passava galopando, o gemido de um ferido, os passos e o rumor das vozes dos maqueiros ou o rumor de vozes femininas, que vinham dos assustados moradores que saíam a seus alpendres para ver a canhonada.

Em meio a esses últimos, estava nosso já conhecido Nikita, e também a velha viúva do marinheiro, com quem ele já fizera as pazes, e sua filha de dez anos.

— Senhor, Nossa Senhora Mãe de Deus — a velha falava para si, suspirando, ao olhar para as bombas que, como bolinhas de fogo, voavam incessantemente de um lado para o outro —, que horror, mas que horror! Aaai-ai! Nem no primeiro *bardeio* foi assim. Eita, onde foi que a maldita estourou, bem em cima da nossa casa, no arrabalde.

— Não, caem sempre mais para lá, no jardim da tia Arinka — disse a menina.

— E onde, onde é que meu patrão está agorinha? — disse Nikita, arrastando as palavras e ainda um pouco bêbado. — Mas como eu gosto desse meu patrão, nem eu sei. Ele me bate, mas mesmo assim eu gosto muito dele. Gosto tanto que, Deus me livre, nem quero dizer, mas se ele morrer, a senhora pode acreditar, titia, depois dele eu nem sei o que é que faria comigo mesmo. Juro por Deus! É um patrão e tanto, nem se fala! Por acaso daria para trocá-lo por esses que ficam aí, jogando cartas? Esses aí — puh! nem se fala! — concluiu Nikita, apontando para a janela iluminada do quarto do patrão, no qual, durante a ausência do subcapitão, o cadete Jvadtchéski recebia convidados para uma farra, por ocasião de ter recebido uma medalha: eram o subtenente Ugróvitch e o tenente Nepchitchétski, aquele mesmo que deveria ter ido ao bastião e que ficara doente, com um abscesso.

— São estrelinhas, umas estrelinhas que estão caindo — olhando para o céu, a menina interrompeu o silêncio que se seguira às palavras de Nikita. — Ali, mais uma caiu ali! Por que é que é assim? Hein, mãezinha?

— Vão destruir nossa casinha inteira — disse a velha, suspirando e sem responder à pergunta da menina.

— Mas hoje, quando eu fui lá com o titio, mãezinha — prosseguiu, com voz melodiosa, a menina, que desandara a falar —, tinha uma bala de canhão bem grandona no chão, no meio do quarto, do lado do armário; parece que ela arrebentou o saguãozinho e foi parar dentro de casa... Era tão grandona, nem dava para levantar.

— Quem tinha marido e dinheiro deu o fora — disse a velha —, mas aqui, ai, que desgraça, que desgraça, destruíram até a última casinha. Olhe lá, olhe lá os miseráveis disparando! Senhor, Senhor!

— Mas foi só a gente sair, e uma bomba veio voaaando, e estourooou, e jogou um mooonte de terra, e por um pouquinho uma lasca não pegou em mim e no titio.

— Ela tinha que ganhar uma medalha por isso — disse o cadete, que, juntamente com os oficiais, tinha saído naquele momento ao alpendre para ver o bombardeio.

— Vá falar com o general, velha — disse o tenente Nepchitchétski, batendo no ombro dela —, mesmo!

— *Pójdę na ulicę zobaczyć co tam nowego*[26] — acrescentou ele, descendo a escada.

— *A my tymczasem napijmy się wódki, bo coś dusza w pięty ucieka*[27] — disse, rindo, o animado cadete Jvadtchéski.

VII

O príncipe Gáltsin ia encontrando cada vez mais e mais feridos, em macas e a pé, apoiando-se uns nos outros e conversando entre si em voz alta.

— Quando vieram para cima, meus amigos — dizia, com voz de baixo, um soldado de estatura elevada, que carregava dois rifles nos ombros —, quando vieram para cima, vinham gritando: "Alá, Alá!"[28] e aí eles vêm escalando um por cima do outro. Alguns, você derruba, mas outros escalam — não tem o que fazer. É gente que não acaba mais...

Mas, naquele ponto do relato, o príncipe Gáltsin interrompeu-o.

— Está vindo do bastião?

— Exatamente, vossa senhoria.

— E o que houve lá? Conte.

— O que houve? A força deles avançou, vossa senhoria,

[26] "Vou sair para a rua e descobrir o que há de novo" (em polonês). (Nota do Autor)

[27] "Enquanto isso, vamos beber vodca, porque alguma coisa pode nos deixar com medo" (em polonês). (Nota do Autor)

[28] Os nossos soldados, ao guerrear contra os turcos, ficaram a tal ponto acostumados com esse grito dos inimigos, que agora sempre contam que os franceses também gritam "Alá!". (Nota do Autor)

escalaram os aterros, aí acabou. Tomaram conta de tudo, vossa senhoria!

— Como, tomaram conta? Mas vocês não tinham rechaçado?

— Rechaçar como, se a força inteira *dele* avançou, esmagou todos os nossos, e ninguém mandou reforço? (O soldado estava errado, porque a trincheira estava do nosso lado, mas essa é uma coisa estranha, que qualquer um pode perceber: um soldado ferido em ação sempre pensa que a batalha foi perdida e foi terrivelmente sangrenta.)

— Mas como é que foram me dizer que tinham rechaçado... — disse Gáltsin, aborrecido.

Nesse momento, o tenente Nepchitchétski, reconhecendo o príncipe Gáltsin em meio à escuridão graças ao quepe branco, e desejando aproveitar a ocasião para falar com alguém tão importante, aproximou-se dele.

— Permita-me perguntar o que houve ali? — perguntou ele cortesmente, fazendo uma continência.

— Eu mesmo estou tentando descobrir — disse o príncipe Gáltsin e dirigiu-se novamente ao soldado com os dois rifles. — Será que não foram rechaçados depois que você saiu? Faz tempo que chegou de lá?

— Acabei de chegar, vossa senhoria — respondeu o soldado. — Acho improvável, a trincheira deve ter ficado com *ele*... tomou conta de tudo.

— Ora, mas como não têm vergonha de render a trincheira? Isso é terrível — disse Gáltsin, amargurado com tamanha apatia. — Como não têm vergonha? — repetiu ele, afastando-se do soldado.

— Ah, esse povo é terrível! Nem queira o senhor conhecê-los — secundou o tenente Nepchitchétski —, eu lhe digo, desse povo é melhor nem pedir orgulho, ou patriotismo, ou sentimento. O senhor olhe bem para essa multidão que está passando, aí não tem nem um décimo de feridos, é tudo *as-*

sistente, quiseram sair da ação. Povo infame! É uma desonra agir assim, rapazes, uma desonra! Render a *nossa* trincheira! — acrescentou ele, dirigindo-se aos soldados.

— Que fazer quando vem a força? — resmungou o soldado.

— Ei, vossas senhorias — pôs-se a falar, naquele momento, um soldado em uma maca que avançava ao lado deles —, como não render, se quase todos foram esmagados? Se estivéssemos com a nossa força, nem mortos teríamos rendido. Vai fazer o quê? Eu furei um com a baioneta, aí levei um golpe... Aai, mais de leve, meus amigos, andem mais reto, meus amigos, mais reto... Aaai! — gemeu o ferido.

— Mas parece mesmo que tem gente demais caminhando — disse Gáltsin, detendo outra vez aquele mesmo soldado alto com os dois rifles. — Aonde é que está indo? Ei, você, pare!

O soldado parou e, com a mão esquerda, tirou o chapéu.

— Aonde está indo e por quê? — ele gritou, em tom severo. — Seu impres... — mas, naquele momento, ao chegar bem perto do soldado, viu que o braço direito deste estava enfiado dentro da manga e com sangue acima do cotovelo.

— Estou ferido, vossa senhoria!

— Ferido como?

— Acho que aqui, foi uma bala — disse o soldado, apontando para o braço —, e aqui eu nem sei dizer o que cortou a minha cabeça — e, inclinando-a, mostrou os cabelos ensanguentados e colados à nuca.

— E de quem é esse outro rifle?

— Tomei o *schtutzer* de um francês, vossa senhoria. Eu nem teria vindo, se não tivesse que acompanhar esse pracinha, do contrário era capaz que ele caísse — acrescentou, apontando para o soldado que ia um pouco adiante, apoiado no rifle e arrastando a perna esquerda com dificuldade.

— E você, aonde é que vai, canalha?! — gritou o tenente Nepchitchétski para outro soldado que veio em sua direção, desejando, em seu afã, prestar serviço ao importante príncipe. O soldado também estava ferido.

O príncipe Gáltsin sentiu-se, de repente, terrivelmente envergonhado pelo tenente Nepchitchétski e ainda mais por si mesmo. Ele percebeu que tinha enrubescido — o que raramente acontecia com ele —, afastou-se do tenente e, já sem interrogar mais os feridos e sem observá-los, foi em direção ao posto de socorro.

Depois de abrir caminho com esforço pelo terraço de entrada, em meio aos feridos que chegavam a pé e às macas que entravam com feridos e saíam com mortos, Gáltsin entrou na primeira sala, observou e, na mesma hora, involuntariamente deu a volta e correu para a rua. Era terrível demais!

VIII

O salão grande, alto e escuro, iluminado apenas por quatro ou cinco velas, com que os médicos vinham examinar os feridos, estava literalmente cheio. Os maqueiros traziam feridos sem cessar, colocavam-nos um ao lado do outro no chão — que já estava tão apertado, que os infelizes acotovelavam-se e molhavam uns aos outros com sangue — e iam buscar novos. As poças de sangue, visíveis nos lugares desocupados, a respiração febril de algumas centenas de pessoas e os vapores emanados pelos trabalhadores das macas produziam um fedor peculiar, pesado, denso, fétido, em meio ao qual ardiam, baças, as velas nas diversas pontas do salão. O rumor de variados gemidos, suspiros, roncos, interrompido às vezes por um grito penetrante, ressoava por todo o recinto. As enfermeiras, com rostos tranquilos, sem aquela expressão de vazia compaixão feminina, doentia e lacrimosa, mas demonstrando interesse prático e ativo, caminhando aqui e acolá em meio aos feridos, com remédios, água, ataduras e faixas, iam e vinham entre camisas e capotes ensanguentados. Os médicos, com rostos sombrios e mangas arregaçadas, ajoelhados perante os feridos, ao redor dos quais enfermeiros seguravam velas, enfiavam dedos nas feridas de bala, tateando-as, e reviravam os membros machucados, apesar dos terríveis gemidos e das súplicas dos sofredores. Um dos médicos estava sentado junto à porta, atrás de uma mesinha, e, no momento em que o príncipe Gáltsin entrou, já registrava o quingentésimo trigésimo segundo.

— Ivan Bogáiev, soldado raso da terceira companhia do regimento S., *fractura femoris complicata* — gritava outro da ponta do salão, tateando uma perna quebrada. — Vire-o.

— Aai, paizinhos, vocês são nossos paizinhos! — gritava um soldado, suplicando que não o tocassem.

— *Perforatio capitis*. Semion Nefiérdov, tenente-coronel do regimento de infantaria N. N. O senhor tem que aguentar um pouco, coronel, desse jeito não dá, vou deixá-lo — dizia um terceiro, remexendo com uma espécie de ganchinho a cabeça do infeliz tenente-coronel.

— Ai, não quero! Ai, pelo amor de Deus, depressa, depressa, pelo amor... Aaah!

— *Perforatio pectoris*... Sevastian Seredá, soldado raso... de que regimento?... Aliás, nem escreva, *moritur*. Leve-o — disse o médico, afastando-se do soldado, que, revirando os olhos, já estertorava...

Uns quarenta soldados maqueiros, esperando para transportar os enfaixados para o hospital militar e os mortos para a capela, estavam em pé junto às portas e, em silêncio, de quando em quando suspirando pesadamente, olhavam para aquela cena...

. . . .

IX

No caminho para o bastião, Kalúguin encontrou muitos feridos; mas, conhecendo, por sua experiência, o efeito ruim que esse espetáculo produz no espírito do homem durante uma ação, ele não só não parou para interrogá-los, como, ao contrário, tentou não prestar atenção alguma neles. No sopé da montanha, deu com um ordenança que vinha galopando a toda do bastião.

— Zóbkin? Zóbkin? Espere um minutinho.

— O que foi?

— Está vindo de onde?

— Dos entrincheiramentos.

— E como está a coisa lá? Quente?

— Um inferno, terrível!

E o ordenança seguiu adiante, galopando.

De fato, embora houvesse poucos disparos de rifle, a canhonada começara com novo ardor e obstinação.

"Ah, isso é mau!", pensou Kalúguin, experimentando uma sensação desagradável, e também foi acometido por um pressentimento, quer dizer, por um pensamento muito corriqueiro, o pensamento da morte. Mas Kalúguin era orgulhoso e dotado de nervos de aço, resumindo, aquilo que chamam de um homem valente. Ele não se rendeu àquele primeiro sentimento e começou a incentivar-se. Recordou-se de um ajudante de ordens, parece que de Napoleão, que, depois de comunicar uma ordem, veio galopando a toda até Napoleão, com a cabeça ensanguentada.

— *Vous êtes blessé?*[29] — disse-lhe Napoleão.

[29] Em francês, no original: "Está ferido?". (N. do T.)

— *Je vous demande pardon, sire, je suis tué*[30] — e o ajudante de ordens caiu do cavalo e morreu ali mesmo.

Aquilo lhe pareceu muito bom, e ele até se imaginou um pouco como aquele ajudante de ordens, depois golpeou o cavalo com o açoite, adotou uma "postura cossaca" ainda mais audaz, olhou para o cossaco que, de pé nos estribos, trotava atrás dele e, com ar de plena valentia, chegou ao local em que deveria apear do cavalo. Ali, encontrou quatro soldados que, sentados nas pedras, fumavam seus cachimbos.

— Que estão fazendo aqui? — gritou-lhes.

— Levamos um ferido, vossa senhoria, e aí paramos para descansar um pouco — respondeu um deles, escondendo o cachimbo atrás das costas e tirando o chapéu.

— Essa é boa, descansar! Depressa, a seus postos, do contrário contarei ao comandante do regimento.

E, juntamente com eles, foi em direção à montanha, pela trincheira, encontrando feridos a cada passo. Depois de subir a montanha, virou à esquerda na trincheira e, tendo avançado alguns passos, viu-se totalmente sozinho. Pertinho dele, um estilhaço passou zunindo e acertou a trincheira. Outra bomba ergueu-se diante dele e parecia voar bem na sua direção. De repente, ficou com medo: ele correu uns cinco passos, trotando, e caiu no chão. Quando a bomba estourou, e longe dele, ficou terrivelmente irritado consigo mesmo; levantou-se, olhou ao redor, para verificar se alguém não vira sua queda, mas não havia ninguém.

Tendo uma vez penetrado na alma, não é logo que o medo dá lugar a outro sentimento. Ele, que sempre se gabara por nunca se abaixar, foi pela trincheira num passo acelerado e quase que se arrastando. "Ah, isso não está nada bom!", pensou ele, tropeçando. "Na certa, vão me matar", e, sentin-

[30] "Peço-lhe perdão, senhor, fui morto." (N. do T.)

do que tinha dificuldade para respirar e que o suor cobria todo o seu corpo, surpreendeu-se consigo mesmo, mas agora sem tentar dominar o sentimento.

De repente, ouviu os passos de alguém à sua frente. Ele se endireitou rapidamente, ergueu a cabeça e, brandindo o sabre com ânimo, avançou, agora com passos não tão rápidos como antes. Não reconhecia a si mesmo. Quando encontrou o oficial sapador e o marinheiro que vinham em sua direção, e o primeiro gritou-lhe: "Abaixe-se!", apontando para o ponto brilhante de uma bomba que, se aproximando cada vez mais brilhante, cada vez mais veloz, caiu com um baque perto da trincheira, ele só abaixou a cabeça um pouco, involuntariamente, sob o efeito do grito assustado, e seguiu adiante.

— Vejam só que corajoso — disse o marinheiro, que observava com muita tranquilidade a bomba caindo e que, com seu olhar experiente, logo calculara que os estilhaços não poderiam chegar à trincheira —, nem quis se abaixar.

Já restavam só alguns passos para que Kalúguin atravessasse a área que havia antes do abrigo subterrâneo do comandante do bastião, quando novamente foi tomado por uma perturbação e por aquele medo estúpido; o coração começou a bater mais forte, o sangue afluiu à cabeça, e ele precisou fazer um esforço para conseguir correr até o abrigo subterrâneo.

— Por que o senhor está tão ofegante? — disse o general, quando ele lhe comunicou as ordens.

— Vim caminhando muito depressa, vossa excelência!

— Não quer um copo de vinho?

Kalúguin bebeu um copo de vinho e acendeu um cigarro. A ação já tinha parado, só a canhonada continuava de ambos os lados. No abrigo subterrâneo, estavam o general N. N., o comandante do bastião e mais uns seis oficiais, em meio aos quais estava também Praskúkhin, e eles conversavam sobre diversos pormenores da ação. Sentado naquele confortável quartinho, forrado com papel de parede azul, com um sofá, uma cama, uma mesa, em cima da qual havia uns papéis, um relógio de parede e um ícone, diante do qual ardia uma lamparina, olhando para aqueles sinais de que alguém o habitara e para as grossas e compridas vigas que formavam o teto, e ouvindo os disparos, que de dentro do abrigo subterrâneo pareciam fracos, Kalúguin não podia de modo algum compreender como ele se deixara dominar, duas vezes, por uma fraqueza tão imperdoável. Estava irritado consigo e ansiava pelo perigo, para pôr-se à prova mais uma vez.

— Pois fico feliz que o senhor também esteja aqui, capitão — disse ele ao oficial da Marinha que, usando um capote de oficial-superior, grandes bigodes e uma Cruz de São Jorge, entrara naquele momento no abrigo subterrâneo e pedira ao general que lhe desse uns operários para consertar, em sua bateria, duas ameias que tinham sido soterradas. — O general me deu ordem de perguntar — prosseguiu Kalúguin quando o comandante da bateria parou de falar com o general — se suas peças podem disparar metralhas pela trincheira.

— Só uma peça pode — respondeu o capitão, com ar lúgubre.

— Vamos lá dar uma olhada, de qualquer maneira.

O capitão franziu o cenho e grasnou, em tom áspero.

— Pois eu já fiquei lá a noite inteira, só vim descansar um pouco — ele disse. — O senhor não pode ir sozinho? O meu auxiliar está lá, o lugar-tenente Kartz, ele pode mostrar tudo ao senhor.

Já fazia seis meses que o capitão comandava aquela que era uma das baterias mais perigosas e, sem sair desde o início do cerco — mesmo quando não havia abrigos subterrâneos —, vivia no bastião, tendo, em meio aos *marujos*, reputação de valentia. Foi por isso que sua recusa deixou Kalúguin particularmente pasmo e surpreso.

"Isso é o que são as reputações!", pensou ele.

— Bem, então vou sozinho, se o senhor permitir — disse ele, num tom um pouco zombeteiro, ao capitão, que, no entanto, não prestou atenção alguma em suas palavras.

Mas Kalúguin não considerou que ele, em momentos diversos, tinha passado, quando muito, umas cinquenta horas nos bastiões, enquanto o capitão vivia ali há seis meses. Kalúguin ainda era estimulado pela vaidade, pelo desejo de brilhar, pela esperança de condecorações, de reputação, e pelo fascínio do risco; o capitão, por sua vez, já tinha passado por tudo isso — primeiro ele se vangloriara, fizera-se de valente, arriscara-se, tivera esperança de condecorações e de reputação, e até adquirira tudo isso, mas, agora, todos esses expedientes de incentivo já tinham perdido a força para ele, que encarava as coisas de outro modo: cumpria à risca suas obrigações, mas, compreendendo muito bem quão poucas probabilidades de viver lhe haviam restado, depois de uma permanência de seis meses no bastião ele não arriscava expôr-se a tais eventualidades sem que fosse estritamente necessário, de maneira que o jovem lugar-tenente que viera à bateria uma semana antes e que agora a mostrava a Kalúguin, erguendo-se sobre as ameias e descendo para as banquetas com ele, parecia dez vezes mais valente que o capitão.

Depois de examinar a bateria e de retornar ao abrigo subterrâneo, Kalúguin, na escuridão, deu de encontro com o general, que estava indo ao torreão com seus ordenanças.

— Capitão de cavalaria Praskúkhin! — disse o general. — Por favor, vá até o entrincheiramento direito e diga ao segundo batalhão do regimento M., que está trabalhando ali, que deixe o trabalho, saia de lá sem fazer ruído e se reúna a seu regimento, que está no sopé da montanha, na reserva... Entendeu? Leve-os o senhor mesmo até seu regimento.

— Sim, senhor.

E Praskúkhin saiu trotando em direção ao entrincheiramento.

O tiroteio ia se tornando mais esparso.

X

— Esse é o segundo batalhão do regimento M.? — perguntou Praskúkhin, depois de chegar correndo ao local e deparando-se com uns soldados que carregavam terra em sacos.

— Precisamente, senhor.

— Onde está o comandante?

Mikháilov, presumindo que perguntavam pelo comandante da companhia, arrastou-se para fora de seu fosso e, tomando Praskúkhin por um superior, mantendo o braço em posição de sentido, aproximou-se dele.

— O general deu ordem... a vocês... façam o favor de ir... depressa... o mais importante é que seja em silêncio... de recuar... não de recuar, de ir até a reserva — falou Praskúkhin, olhando de soslaio na direção do fogo inimigo.

Depois de reconhecer Praskúkhin, abaixar o braço e compreender do que se tratava, Mikháilov transmitiu a ordem, e o batalhão começou a remexer-se, a recolher os rifles, a vestir os capotes e mover-se.

Aquele que não passou por isso não pode imaginar o prazer sentido pelo homem que sai, depois de três horas de bombardeio, de um lugar tão perigoso como os entrincheiramentos. Mikháilov, que, durante aquelas três horas, já tinha considerado algumas vezes, e não sem fundamento, que seu fim era inevitável, e que tivera tempo de beijar algumas vezes todas as imagens que estavam com ele, tinha se acalmado um pouco perto do fim, sob influência da convicção de que certamente seria morto e de que já não pertencia a este mundo. Porém, apesar disso, custou-lhe muito esforço para conter suas pernas e não deixar que saíssem correndo quando ele veio para fora dos entrincheiramentos, diante da companhia, ao lado de Praskúkhin.

— Até logo — disse-lhe o major, comandante de outro batalhão, que permaneceria nos entrincheiramentos e com quem ele comera o queijo-sabão, sentados no fosso junto ao parapeito —, uma boa viagem.

— Também lhe desejo uma boa permanência. Agora parece que acalmou.

Mas ele mal teve tempo de dizer isso, e o inimigo, talvez percebendo o movimento nos entrincheiramentos, começou a disparar com mais e mais frequência. Os nossos começaram a responder-lhe, e de novo desencadeou-se uma forte canhonada. Bem alto no céu, mas sem brilho, as estrelas reluziam. A noite era escura — como breu —, só as luzes dos disparos e as explosões das bombas iluminavam momentaneamente os objetos. Os soldados caminhavam depressa, em silêncio, e involuntariamente esbarravam uns nos outros; só se ouvia, por detrás dos incessantes estrondos dos disparos, o som cadenciado de seus passos pela estrada seca, o som das baionetas que se chocavam ou o suspiro e a prece de algum pracinha medroso: "Senhor, Senhor! O que é isso?!". Às vezes, ouvia-se o gemido de um ferido e os gritos: "Tragam a maca!". (Na companhia que Mikháilov comandava, um só fogo de artilharia abateu 26 homens durante a madrugada.) Um relâmpago irrompia no horizonte longínquo e escuro, a sentinela do bastião gritava: "Ca-anhão!", e a bala, zunindo acima da companhia, arrebentava a terra e lançava pedras pelos ares.

"Mas que diabo! Com que calma eles vão", pensava Praskúkhin, olhando para trás sem cessar, enquanto caminhava ao lado de Mikháilov. "Ora, é melhor eu correr na frente, afinal fui eu que transmiti a ordem... Aliás, não, esse bando de animais pode contar depois que sou um covarde, justamente do mesmo jeito que eu estava falando deles ontem. O que tiver que ser, será — vou continuar ao lado."

"E por que é que ele está indo comigo?", pensava, por sua vez, Mikháilov. "Pelo que percebi, ele sempre traz infortúnio. Aí vem ela voando, parece que justamente para cá."

Depois de andar algumas centenas de passos, eles se depararam com Kalúguin, que, brandindo o sabre com ânimo, ia em direção aos entrincheiramentos para descobrir, por ordem do general, como avançavam as obras. Mas, ao encontrar Mikháilov, pensou que, em vez de ir até lá por conta própria, debaixo daquele terrível fogo, o que nem lhe fora ordenado, ele podia perguntar detalhadamente ao oficial que estava ali. E, de fato, Mikháilov contou detalhadamente a respeito das obras, embora, durante o relato, ele tivesse divertido um bocado Kalúguin — que aparentemente não dava atenção alguma aos disparos — pelo fato de que, a cada projétil, que às vezes caía bem longe, ele se agachava, inclinava a cabeça e garantia que "estava vindo justamente para cá".

— Veja, capitão, está vindo justamente para cá — disse Kalúguin, zombando e cutucando Praskúkhin. Depois de avançar mais um pouco com eles, virou na trincheira que levava ao abrigo subterrâneo. "Não dá para dizer que era muito valente, esse capitão", pensou ele, entrando pela porta do abrigo.

— Então, o que há de novo? — perguntou o oficial que estava sozinho no cômodo, jantando.

— Nada; pelo visto, não vai ter mais ação.

— Como não vai? Pelo contrário, o general acabou de ir outra vez ao torreão. Mais um regimento chegou. Aí está... ouviu? Os rifles começaram de novo a troca de tiros. O senhor não tem que ir. Por que deveria ir? — acrescentou o oficial, notando o movimento feito por Kalúguin.

"A verdade é que eu tenho que estar lá, certamente", pensou Kalúguin. "Mas eu também já me expus a muita coisa hoje. Espero que não precisem de mim só como *chair à canon*."[31]

— É melhor mesmo que eu espere por eles aqui — disse.

De fato, uns vinte minutos depois, o general voltou com os oficiais que estavam com ele; no meio deles, estava também o cadete barão Pest, mas Praskúkhin não estava. Os entrincheiramentos tinham sido retomados e ocupados pelos nossos.

Depois de receber as informações detalhadas da ação, Kalúguin saiu do abrigo subterrâneo, juntamente com Pest.

XI

— Seu capote está ensanguentado, por acaso você entrou em combate corpo a corpo? — perguntou-lhe Kalúguin.

— Ah, meu amigo, foi horrível! Imagine só... — E Pest começou a contar que ele conduzira a sua companhia, que o comandante da companhia fora morto, que ele matara um francês com a baioneta e que, se não fosse por ele, a ação teria sido perdida.

Os fundamentos desse relato — que o comandante da companhia fora morto e que Pest matara um francês — eram justos; mas, ao informar os detalhes, o cadete inventava e se gabava.

Ele se gabava involuntariamente, porque, uma vez que, durante toda a ação, ele se encontrava numa espécie de névoa e a tal ponto entorpecido, que tudo que acontecera parecia ter acontecido em outro lugar, em outro momento e

[31] Em francês: "Carne de canhão". O termo é equivalente ao nosso "bucha de canhão": combatentes que são tratados como dispensáveis diante do fogo inimigo. (N. do T.)

com outra pessoa, era muito natural que ele tentasse reproduzir esses detalhes com um aspecto que lhe fosse favorável. Mas eis como realmente aconteceu.

O batalhão ao qual o cadete fora designado para a surtida ficou umas duas horas junto a uma mureta, debaixo de fogo; depois, o comandante do batalhão disse alguma coisa — os comandantes das companhias começaram a se mover, o batalhão avançou, saiu de detrás dos parapeitos e, caminhando uns cem passos, parou, as companhias alinhadas em colunas. Disseram a Pest que ficasse no flanco direito da segunda companhia.

Sem noção alguma de onde estava e para que, o cadete postou-se no lugar e, com a respiração involuntariamente contida e um arrepio gelado correndo por sua espinha, olhou adiante, de maneira inconsciente, em direção à vastidão escura, à espera de algo terrível. A sensação que tinha, aliás, não era tanto de medo, porque não havia tiroteio, e sim de absurdo — era estranho pensar que ele estava fora da fortaleza, no campo. Outra vez o comandante do batalhão disse alguma coisa. Outra vez os oficiais começaram a falar, sussurrando, transmitindo as ordens, e a parede negra da primeira companhia de repente caiu. Tinham dado ordem de ficarem deitados. A segunda companhia também ficou deitada, e Pest, ao abaixar-se, furou a mão em algum espinho. O único que não ficou deitado foi o comandante da segunda companhia; sua figura, não muito elevada, com a espada desembainhada, que ele brandia, sem parar de falar, movia-se em frente à companhia.

— Rapazes! Mas olhe como os meus são corajosos! Não é para disparar dos rifles, é para dar com a baioneta neles, os canalhas. Quando eu gritar “hurra!”, venham comigo e não fiquem para trás... o mais importante é ficarmos bem unidos... vamos mostrar do que somos capazes, sairemos com honra... hein, rapazes? Pelo tsar, pelo nosso pai... — ele falava, entremeando xingamentos às suas palavras e agitando muito os braços.

— Qual é o sobrenome do comandante da nossa companhia? — perguntou Pest ao cadete que estava deitado ao seu lado. — Como ele é valente!

— Sim, quando tem ação, está sempre quase caindo de bêbado — respondeu o cadete. — Lissinkóvski é o sobrenome dele.

Nesse mesmo instante uma chama irrompeu bem em frente à companhia, ouviu-se um estrondo que ensurdeceu todos eles, bem alto no ar farfalharam pedras e estilhaços (pelo menos uns cinquenta segundos depois, uma pedra caiu do alto e feriu a perna de um soldado). Era uma bomba vinda de um dispositivo de elevação, e o fato de que ela caíra na companhia provava que os franceses tinham percebido a coluna.

— Soltando bombas! Filhos de uma égua... Espere só até eu chegar, aí você vai provar a baioneta russa de três lados, maldito! — começou o comandante da companhia, falando tão alto, que o comandante do batalhão teve que lhe dar ordem de ficar em silêncio e não fazer tanto barulho.

Depois disso, a primeira companhia levantou-se, e, atrás dela, a segunda. Foi dada a ordem de manter os rifles em riste, e o batalhão seguiu adiante. Pest sentia tanto medo, que de forma alguma conseguia se lembrar: quanto tempo durou? aonde foi? e quem? e o quê? Ele avançava como que ébrio. Mas, de repente, de todos os lados reluziram milhões de chamas, começou um assobio, algo começou a estalar. Ele se pôs a gritar e a correr para algum lugar, porque todos estavam correndo e todos estavam gritando. Depois, tropeçou e caiu em cima de alguma coisa. Era o comandante da companhia (que fora ferido à frente dela e, tomando o cadete por um francês, agarrara-lhe a perna). Depois, quando ele soltou a perna e ergueu-se de leve, alguém caiu em cima dele, pelas costas, na escuridão, e por pouco não o derrubou outra vez; outro homem gritou: "*Meta a baioneta nele! O que está olhando?!*". Alguém pegou o rifle e cravou a baioneta em algo macio. "*Ah, Dieu!*", alguém gritou com uma voz terrível e penetrante, e só então Pest entendeu que tinha ferido um francês. Um suor frio corria-lhe por todo o corpo, ele começou a tremer, como que febril, e largou o rifle. Mas isso durou só um instante; na mesma hora, veio-lhe à mente que ele era um herói. Pegou o rifle e, junto com a multidão, gritando "hurra!", afastou-se correndo do francês morto, de quem um soldado no mesmo instante começou a tirar as botas. Depois de correr uns vinte passos, chegou à trincheira. Ali estavam os nossos e o comandante do batalhão.

— Eu feri um deles! — disse ele ao comandante do batalhão.

— Bravo, barão! . . . .
. . . .

XII

— Sabe, Praskúkhin foi morto — disse Pest, acompanhado de Kalúguin, que estava indo para casa.

— Não pode ser!

— Como não, eu mesmo vi.

— Bem, até mais, preciso chegar logo.

"Estou muito satisfeito", pensava Kalúguin, voltando para casa. "Pela primeira vez, tenho sorte no meu turno. A ação foi excelente; estou vivo e inteiro, as recomendações serão excelentes, e com certeza terei o Sabre de Ouro.[32] Sim, e, a propósito, eu o mereço."

[32] Uma das mais altas condecorações militares da antiga Rússia, concedida pessoalmente pelo próprio tsar. (N. do T.)

Depois de relatar ao general tudo que era necessário, ele chegou a seu cômodo, no qual estava o príncipe Gáltsin, que já retornara havia muito tempo e esperava por ele lendo *Splendeur et misères des courtisanes*,[33] que encontrara na mesa de Kalúguin.

Com incrível deleite Kalúguin viu-se em casa, fora de perigo, e, já vestindo sua camisa de dormir, deitado na cama, contou a Gáltsin os pormenores da ação, transmitindo-os — de maneira bastante natural — de um ponto de vista em que tais pormenores demonstravam que ele, Kalúguin, era um oficial bastante capaz e valente, o que, a meu ver, seria desnecessário insinuar, porque todos sabiam disso e não tinham nenhum direito ou razão de duvidar, à exceção, talvez, do falecido capitão de cavalaria Praskúkhin, que, apesar de outrora ter considerado uma felicidade andar de braços dados com Kalúguin, bem no dia anterior tinha contado em segredo a um amigo que Kalúguin era uma pessoa muito boa mas que, aqui entre nós, não gostava nem um pouco de ir aos bastiões.

* * *

Praskúkhin acabara de separar-se de Kalúguin, caminhando ao lado de Mikháilov, quando, ao se aproximar de um lugar menos perigoso, começando já a recobrar um pouco o ânimo, viu um relâmpago, que reluziu fortemente atrás dele, e ouviu o grito da sentinela: "Marquela!" — e as palavras de um soldado que caminhava atrás: "Vem voando bem na direção do batalhão!".

[33] Um daqueles livros adoráveis que se proliferaram imensamente nos últimos tempos e que, por algum motivo, são especialmente populares entre a nossa juventude. (Nota do Autor) [*Esplendores e misérias das cortesãs* é um romance de Honoré de Balzac (1799-1850), publicado entre 1838 e 1848. (N. do T.)]

Mikháilov olhou ao redor. O ponto luminoso da bomba parecia ter parado em seu zênite — naquela posição em que é rigorosamente impossível determinar sua direção. Mas isso durou só um instante: a bomba caía cada vez mais depressa, cada vez mais perto, de modo que já se enxergavam as faíscas do estopim e ouvia-se o assobio fatídico, bem no meio do batalhão.

— Abaixem-se! — gritou uma voz assustada.

Mikháilov caiu de bruços, Praskúkhin involuntariamente inclinou-se até o chão e cerrou os olhos; ele só ouviu a bomba chocar-se contra o chão duro em algum lugar muito próximo. Passou-se um segundo, que pareceu uma hora — a bomba não explodia. Praskúkhin ficou com receio de ter se acovardado à toa: talvez a bomba tivesse caído longe, e ele só tivera a impressão de que o detonador estava chiando ali do lado. Ele abriu os olhos e, com orgulhosa satisfação, viu que Mikháilov jazia imóvel no chão, bem a seus pés. Mas então seus olhos encontraram-se por um instante com o detonador reluzente da bomba, que girava a um *archin*[34] dele.

O horror — horror que expulsava todos os outros pensamentos e sentimentos — envolveu todo o seu ser. Ele cobriu o rosto com as mãos e caiu de joelhos.

Passou-se mais um segundo — um segundo no qual todo um mundo de sentimentos, pensamentos, esperanças e recordações passou voando por sua imaginação.

"Quem será morto, eu ou Mikháilov? Ou ambos juntos? Se for eu, vai pegar onde? Na cabeça — aí tudo se acabou; mas, se for na perna, vão amputar, e eu vou pedir que seja com clorofórmio, sem falta — então ainda poderei continuar vivo. E pode ser que só Mikháilov seja morto, então eu contarei que íamos caminhando juntos, ele foi morto, e eu fiquei

[34] Antiga unidade de medida russa, equivalente a 71 cm. (N. do T.)

coberto com respingos de sangue. Não, está mais perto de mim... Serei eu!"

Então ele se lembrou dos doze rublos que devia a Mikháilov, lembrou-se de outra dívida que tinha em Petersburgo, que deveria ter pagado muito tempo atrás; a melodia cigana, que ele cantava à noite, veio-lhe à cabeça. Uma mulher que ele amara veio-lhe à mente, usando uma touca com fitas lilás; recordou-se de uma pessoa por quem fora ofendido cinco anos antes e de quem não tirara a desforra pela ofensa. Embora estivesse junto, inseparável dessas e de milhares de outras recordações, a sensação do momento presente — a expectativa da morte e do horror — não o abandonou por um instante sequer. "Aliás, talvez nem estoure", pensou ele e, com desesperada firmeza, quis abrir os olhos. Mas, naquele instante, ainda entre as pálpebras fechadas, seus olhos foram atingidos por um fogo vermelho, algo pressionou o meio de seu peito com um terrível estrondo; ele saiu correndo para algum lugar, tropeçou no sabre que ficou preso em seus pés e caiu de lado.

"Graças a Deus! Estou só ferido", foi seu primeiro pensamento, e ele quis tocar o peito com a mão; mas suas mãos pareciam presas, e uma espécie de torno comprimia sua cabeça. Soldados passaram velozes diante dos seus olhos, e ele inconscientemente os contou: "Um, dois, três soldados, e ali o oficial, com as mangas do capote arregaçadas", pensou ele. Depois, um relâmpago reluziu diante de seus olhos, e ele ficou pensando de onde vinham aqueles tiros: eram de morteiro ou de canhão? Deviam ser de canhão. E então atiraram mais, e então mais soldados — cinco, seis, sete soldados, todos passaram reto. Ele de repente ficou com medo de que eles fossem esmagá-lo. Quis gritar que estava ferido, mas sua boca estava tão seca, que a língua grudara no céu da boca, e uma sede horrível torturava-o. Ele sentiu algo úmido próximo ao peito — essa sensação de umidade lembrou-o de água, e ele ficou até com vontade de beber aquilo que o umedecia. "Devo ter começado a sangrar quando caí", pensou ele, e, cedendo cada vez mais ao medo de que os soldados, que continuavam a passar velozmente, pudessem esmagá-lo, ele reuniu todas as forças e tentou gritar: "Levem-me daqui!", mas, em vez disso, soltou um gemido tão horrível que ficou com medo ao ouvir a si mesmo. Depois, umas chamas vermelhas começaram a saltitar diante de seus olhos — e ele teve a impressão de que os soldados colocavam pedras em cima dele; as chamas saltitavam com cada vez menos frequência, as pedras que colocavam sobre ele esmagavam-no cada vez mais. Ele fez um esforço para mover as pedras, retesou-se e já não via, não ouvia, não pensava e não sentia. Fora morto ali mesmo por um estilhaço no meio do peito.

XIII

Mikháilov, depois de ver a bomba, caiu no chão e, do mesmo modo, apertou as pálpebras, do mesmo modo abriu e fechou os olhos duas vezes e, do mesmo modo que Praskúkhin, pensou e sentiu uma vastidão de coisas naqueles dois segundos, durante os quais a bomba jazia sem explodir. Ele orava mentalmente a Deus e repetia sem parar: "Seja feita a Tua vontade!". "E por que fui entrar no serviço militar", ele pensava ao mesmo tempo, "e ainda me transferi para a infantaria, para participar nas campanhas. Não teria sido melhor ficar no regimento ulano, na cidade de T., passando o tempo com minha amiga Natacha?... Mas agora é isso!" E ele começou a contar: um, dois, três, quatro, apostando que, se explodisse no par, ele ficaria vivo, e, se fosse no ímpar, morreria. "Tudo está acabado: morri", pensou ele quando a bomba explodiu (ele não recordava se fora no par ou no ímpar), e sentiu um golpe e uma dor violenta na cabeça. "Senhor, perdoa meus pecados!”, falou ele enquanto erguia os braços, levantou-se de leve e caiu de costas, sem sentidos.

Quando voltou a si, a primeira sensação foi do sangue que corria do nariz e da dor na cabeça, que se tornara bem mais fraca. “É a alma partindo”, pensou ele, “que haverá *lá*? Senhor! Aceita meu espírito em paz.” “Só é estranho”, ponderou, “que, enquanto estou morrendo, eu ouça tão claramente os passos dos soldados e os sons dos disparos.”

— Tragam a maca... Ei! Mataram o comandante da companhia! — uma voz gritou acima de sua cabeça, e ele involuntariamente reconheceu-a como a voz do tamborileiro Ignátiev.

Alguém pegou-o pelos ombros. Ele experimentou abrir os olhos e viu, acima de sua cabeça, o céu azul-escuro, agrupamentos de estrelas e duas bombas que passavam voando, uma perseguindo a outra; viu Ignátiev, um soldado com uma maca e com rifles, o aterro das trincheiras, e de repente acreditou que ainda não estava no outro mundo.

Ele fora levemente ferido na cabeça. Sua primeiríssima sensação foi como que de pesar: havia se preparado tão bem e com tanta tranquilidade para sua passagem *para lá*, que seu retorno à realidade, com as bombas, as trincheiras, os soldados e o sangue, surtiu nele um efeito desagradável; sua segunda sensação foi uma alegria inconsciente por estar vivo; a terceira, medo e o desejo de deixar o bastião o quanto antes. Com um lenço, o tamborileiro atou a cabeça de seu comandante e, pegando-o pelo braço, levou-o em direção ao posto de socorro.

“Mas aonde é que estou indo, e para quê?”, pensou o subcapitão, quando voltou um pouco a si. “Meu dever é ficar com a companhia, e não recuar na frente de todos. Ainda mais porque logo a companhia também vai sair de debaixo do fogo”, uma voz sussurrou-lhe, “e permanecer em ação com um ferimento é condecoração na certa.”

— Não precisa, meu amigo — disse ele, desvencilhando o braço do prestimoso tamborileiro, que, por sua vez, desejava, acima de tudo, escapar dali o mais depressa possível. — Não vou ao posto de socorro, ficarei com a companhia.

E deu a volta.

— Seria melhor que vossa senhoria se enfaixasse, como se deve — disse o acanhado Ignátiev —, porque é só no calor do momento que parece que não é nada, mas vai ser pior se não o fizer, veja só como a coisa está quente aqui... É verdade, vossa senhoria.

Mikháilov parou por um momento, indeciso, e aparentemente teria seguido o conselho de Ignátiev, se não tivesse se lembrado de uma cena que ele vira uns dias antes, no posto de socorro. Um oficial com um pequeno arranhão no braço chegou para enfaixar-se, e os médicos sorriram ao olhar para ele, e um deles — de suíças — até lhe disse que de modo algum ele morreria por causa daquele ferimento e que devia ser mais dolorido espetar-se com um garfo. "Talvez eles deem esse mesmo sorriso de desconfiança para o meu ferimento e ainda digam alguma outra coisa", pensou o subcapitão e, com ar resoluto, a despeito dos argumentos do tamborileiro, voltou em direção à companhia.

— E onde está o ordenança Praskúkhin, que caminhava comigo? — perguntou ele ao sargento que conduzia a companhia quando eles se encontraram.

— Não sei, parece que foi morto — respondeu a contragosto o sargento, que, aliás, estava muito insatisfeito com o fato de que o subcapitão retornara e privara-o, com isso, da satisfação de dizer que ele era o único oficial que sobrara na companhia.

— Morto ou ferido? Mas como é que não sabe, ele ia caminhando conosco. E por que não o trouxe?

— Trazer como, se a coisa estava quente daquele jeito!

— Ora, mas como assim, Mikhail Iványtch — disse Mikhâilov, asperamente —, como largá-lo, se estava vivo; mesmo que estivesse morto, ainda assim deveria ter trazido o corpo... Diga o que quiser, mas ele é ordenança do general e ainda pode estar vivo...

— Como assim vivo, se estou lhe dizendo que eu mesmo cheguei perto e vi — disse o sargento. — Tenha dó! Mal pudemos carregar os nossos. Olha ali, o miserável! Agora começou a soltar bala de canhão — acrescentou ele, agachando-se. Mikháilov também se agachou e agarrou a cabeça, que, com o movimento, começou a doer terrivelmente.

— Não, temos que ir lá buscá-lo sem falta; talvez ainda esteja vivo — disse Mikháilov. — É o nosso *dever*, Mikhail Iványtch!

Mikhail Iványtch não respondeu.

"Se fosse um bom oficial, teria trazido na hora, mas agora terei que mandar alguns soldados; e como mandá-los? Debaixo desse fogo, podem ser mortos a troco de nada", pensou Mikháilov.

— Rapazes! Precisamos voltar para buscar um oficial que ficou ferido lá no fosso — disse ele em tom não muito alto e imperativo, sentindo quão desagradável seria aos soldados cumprir aquela ordem; e, de fato, como ele não se dirigiu a ninguém pelo nome, ninguém saiu para cumpri-la.

— Suboficial! Venha cá.

O suboficial, como que sem escutar, continuou avançando em seu lugar.

"E pode ser mesmo que ele já tenha morrido e *não valha a pena* submeter em vão essas pessoas ao perigo, e eu serei o único culpado por não ter cuidado disso. Eu mesmo vou até lá para descobrir se está vivo ou não. É meu *dever*", disse Mikháilov a si mesmo.

— Mikhail Iványtch! Conduza a companhia, eu alcanço vocês — disse ele e, arregaçando o capote com uma mão, tocando constantemente com a outra mão a imagenzinha do beato Mitrofáni, de quem era especialmente devoto, quase rastejando e tremendo de medo, saiu trotando pela trincheira.

Depois de assegurar-se de que Praskúkhin fora morto, Mikháilov, resfolegando da mesma maneira, agachado e segurando com a mão a bandagem, que se soltara, e a cabeça, que começara a doer muito, arrastou-se de volta. O batalhão já estava posicionado no sopé da montanha e quase fora do alcance dos disparos quando Mikháilov o alcançou. Digo: *quase* fora do alcance dos disparos, porque, mesmo ali, de quando em quando passavam voando algumas bombas perdidas (um estilhaço de uma delas matou, naquela noite, um capitão que estava num abrigo de terra dos marinheiros durante a ação).

"Porém, preciso passar amanhã no posto de socorro e me registrar", pensou o subcapitão, no momento em que um enfermeiro, que viera até ele, enfaixava-o, "isso vai ajudar com a recomendação."

XIV

Centenas de corpos frescos e ensanguentados, de pessoas que, duas horas antes, estavam plenas de esperanças e desejos diversos, grandiosos e pequenos, jaziam, com membros enrijecidos, no vale orvalhado e florido que separava o bastião da trincheira e no chão plano da capela dos mortos de Sebastopol; centenas de pessoas, com maldições e preces nos lábios ressecados, rastejavam, reviravam-se e gemiam — umas em meio aos cadáveres no vale florido, outras, nas macas, nos leitos e no chão ensanguentado do posto de socorro; mas, da mesma maneira que nos dias anteriores, um fulgor irrompeu por sobre o monte Sapun, as estrelas cintilantes empalideceram, uma névoa branca veio do mar rumorejante e escuro, a aurora escarlate resplandeceu no Oriente, compridas nuvenzinhas rubras dispersaram-se pelo horizonte, de um vivo azul-celeste, e, da mesma maneira que nos dias anteriores, prometendo alegria, amor e felicidade a todo o mundo vivente, veio à tona o belo e poderoso astro.

XV

No dia seguinte, ao fim da tarde, novamente a música marcial tocava no bulevar, e novamente oficiais, cadetes, soldados e moças passeavam festivamente ao redor do pavilhão e pelas baixas alamedas de floridas e aromáticas acácias brancas.

Kalúguin, o príncipe Gáltsin e um coronel caminhavam de braços dados ao redor do pavilhão e conversavam sobre a ação do dia anterior. O principal fio condutor da conversa, como sempre acontece em casos semelhantes, não era a própria ação, mas o modo como aquele que contava participara e a valentia que demonstrara. Seus rostos e o som de suas vozes tinham uma expressão séria, quase triste, como se as perdas na ação da véspera tocasse e amargurasse fortemente cada um deles, mas, para dizer a verdade, uma vez que nenhum deles perdera alguém muito próximo, aquela expressão de tristeza era uma expressão formal, que eles só consideravam uma obrigação manifestar. Pelo contrário, Kalúguin e o coronel estariam dispostos a ver uma ação como aquela todos os dias, só para receber, toda vez, um Sabre de Ouro e a patente de major-general, apesar do fato de serem excelentes pessoas. Adoro quando chamam de monstro algum conquistador que, por sua ambição, extermina milhões. Mas pergunte com toda a sinceridade ao sargento Petruchov e ao subtenente Antónov etc.: cada um de nós é um pequeno Napoleão, um pequeno monstro que está disposto a travar combate no mesmo instante, a matar uma centena de homens só para receber outra estrelinha ou um terço a mais do ordenado.

— Não, perdão — disse o coronel —, começou primeiro no flanco esquerdo. *Pois eu estava lá.*

— Talvez — respondeu Kalúguin —, *eu fiquei mais no direito; fui duas vezes até lá: uma vez, procurando o general, e outra vez por ir, fui para observar os entrincheiramentos. Ali é que estava quente.*

— Pois sim, é mesmo, o Kalúguin sabe — disse ao coronel o príncipe Gáltsin. — Sabe, hoje V... falou de você, disse que era corajoso.

— Só as perdas, terríveis perdas — disse o coronel em tom de tristeza formal —, *no meu regimento, quatrocentos* foram abatidos. É incrível *que eu tenha saído vivo de lá.*

Nesse momento, vindo na direção daqueles senhores, na outra ponta do bulevar, apareceu a figura lilás de Mikháilov, com suas botas gastas e a cabeça enfaixada. Ele ficou muito desconcertado ao vê-los: lembrou-se de como, na véspera, ele se agachara na frente de Kalúguin, e veio-lhe à mente que poderiam achar que ele fingia estar ferido. De maneira que, se aqueles senhores não estivessem olhando, ele teria descido correndo e ido para casa, e não sairia de lá até que pudesse tirar a faixa.

— *Il fallait voir dans quel état je l'ai rencontré hier sous le feu*[35] — disse Kalúguin, sorrindo, no momento em que se encontraram.

— O que houve, o senhor foi ferido, capitão? — disse Kalúguin com um sorriso que significava: "Então, o senhor me viu ontem? Que tal eu sou?".

— Sim, um pouquinho, por uma pedra — respondeu Mikháilov, enrubescendo e com uma expressão no rosto que

[35] Em francês, no original: "Precisam ver em que estado eu o encontrei ontem debaixo do fogo". (N. do T.)

dizia: "Vi, e reconheço que o senhor é corajoso, e eu fui muito, muito mal".

— *Est-ce que le pavillon est baissé déjà?*[36] — perguntou o príncipe Gáltsin, olhando, novamente com sua expressão arrogante, para o quepe do subcapitão e sem dirigir-se a ninguém em particular.

— *Non, pas encore*[37] — respondeu Mikháilov, que desejava mostrar que também sabia falar francês.

— Será que a trégua continua? — disse Gáltsin, dirigindo-se cortesmente a ele em russo e dizendo, com isso — como pareceu ao subcapitão —, que ao senhor deve ser difícil falar francês, então não seria melhor falar simplesmente?... E, com isso, os ajudantes de ordens afastaram-se dele.

O subcapitão, assim como no dia anterior, sentiu-se extremamente solitário e, depois de cumprimentar diversos senhores — não querendo travar contato com uns e sem tomar a decisão de aproximar-se de outros —, sentou-se ao lado do monumento a Kazárski[38] e pôs-se a fumar um cigarro.

O barão Pest também chegou ao bulevar. Ele contava que estivera nas negociações da trégua e que conversara com uns oficiais franceses, e que, segundo ele, um deles dissera-lhe: "*S'il n'avait pas fait clair encore pendant une demi-heure, les embuscades auraient été reprises*"[39] — e que ele lhe respondera: "*Monsieur! Je ne dis pas non, pour ne pas vous donner un démenti*",[40] e quão bem ele dissera aquilo etc.

[36] "A bandeira já foi abaixada?" (N. do T.)

[37] "Não, ainda não." (N. do T.)

[38] Aleksandr Ivánovitch Kazárski (1797-1833), herói da guerra russo-turca de 1828-1829. (N. do T.)

[39] "Se não houvesse clareado por mais meia hora, os entrincheiramentos teriam sido tomados de novo." (N. do T.)

[40] "Meu senhor! Só não digo que não para não contradizê-lo." (N. do T.)

Na realidade, embora ele tivesse mesmo estado nas negociações da trégua, não conseguira dizer ali nada inteligente, embora quisesse muito conversar com os franceses (afinal, é muitíssimo divertido conversar com franceses). O cadete barão Pest passou muito tempo caminhando pela linha e perguntando a todo momento aos franceses que estavam perto dele: "*De quel régiment êtes-vous?*".[41] Respondiam-lhe — e nada mais. Mas, quando ele foi longe demais pela linha, a sentinela francesa, sem suspeitar que aquele soldado sabia francês, xingou-o na terceira pessoa. "*Il vient regarder nos travaux ce sacré c...*",[42] disse ele. Por consequência disso, sem enxergar mais interesse nas negociações da trégua, o cadete barão Pest foi para casa e, já no caminho, inventou as frases em francês que agora estava contando. No bulevar, estavam também o capitão Zóbov, que conversava em voz alta, e o capitão Objógov, de aspecto esfarrapado, e o capitão de artilharia que não bajulava ninguém, e o cadete que era feliz no amor, e todas aquelas mesmas figuras do dia anterior, com os mesmíssimos e eternos impulsos de mentira, vaidade e leviandade. Só faltavam Praskúkhin, Nefiérdov e mais um ou outro, e dificilmente alguém ali se lembrava deles ou pensava neles agora, quando seus corpos ainda nem tinham tido tempo de ser lavados, arrumados e colocados debaixo da terra, eles, que, dentro de um mês, seriam esquecidos, exatamente do mesmo modo, por pais, mães, esposas, filhos, isso se os tivessem, e caso estes já não os tivessem esquecido antes.

— Eu nem o reconheceria, o velho — diz um soldado na limpeza dos corpos, erguendo, pelos ombros, um cadáver com o peito despedaçado, a enorme cabeça inchada, o rosto enegrecido e lustroso e as pupilas reviradas. — Pegue pelas

[41] "De que regimento é?" (N. do T.)

[42] "Ele veio observar nossas obras, esse maldito..." (N. do T.)

costas, Morozka, assim não vai se despedaçar. Arre, que cheiro horrível!

"Arre, que cheiro horrível!" — isso é tudo que restou daquele homem entre os vivos...

XVI

No nosso bastião e na trincheira francesa foram erguidas bandeiras brancas, e, entre elas, no vale florido, jazem aos montes, sem botas, com roupas cinzentas e azuis, cadáveres desfigurados, que são levados pelos trabalhadores e postos em carroças. Um cheiro horrível e carregado dos corpos mortos preenche o ar. De Sebastopol e do campo francês, multidões saíram para observar aquele espetáculo, e, com curiosidade ávida e benévola, precipitam-se umas em direção às outras.

Ouça o que essas pessoas falam entre si.

Veja ali, num círculo de russos e franceses que se reuniram ao redor dele, um oficial jovenzinho, que fala francês, ainda que mal, mas o suficiente para ser entendido, examinando a bolsa de um oficial da guarda.

— *E sessi purquá se uazô issí?*[43] — diz ele.

— *Parce que c'est une giberne d'un régiment de la garde, monsieur, qui porte l'aigle impérial.*[44]

— *É vu de la gard?*[45]

[43] "E por que essa ave aqui?" No original, Tolstói registra em alfabeto cirílico as falas em francês do oficial russo, e em alfabeto latino as falas do oficial francês. (N. do T.)

[44] "Porque é a cartucheira de um regimento da guarda, senhor, que leva a águia imperial." (N. do T.)

[45] "O senhor é da guarda?" (N. do T.)

— *Pardon, monsieur, du sixième de ligne.*[46]

— *E sessí u achté?*[47] — pergunta o oficial, apontando para a piteira amarela de madeira na qual o francês fuma seu cigarro.

— *A Balaclava, monsieur! C'est tout simple — en bois de palme.*[48]

— *Jolí!*[49] — diz o oficial, guiado, na conversa, nem tanto pelo próprio arbítrio, quanto pelas palavras que ele conhece.

— *Si vous voulez bien garder cela comme souvenir de cette rencontre, vous m'obligerez.*[50] — E o polido francês dá uma baforada no cigarro e entrega a cigarreira ao oficial com uma ligeira reverência. O oficial entrega-lhe a sua, e todos os presentes no grupo, tanto franceses como russos, parecem muito satisfeitos e sorriem.

Veja ali um desenvolto soldado da infantaria, de camisa rosa e capote jogado nos ombros, que, na companhia de outros soldados, os quais, com as mãos atrás das costas, com rostos alegres e curiosos, estão de pé atrás dele, aproximou-se de um francês e pediu-lhe fogo para acender o cachimbo. O francês aviva a chama, revolve o cachimbo e entrega o fogo ao russo.

— Tabaco *bon* — diz o soldado de camisa rosa, e os espectadores riem.

[46] "Perdão, senhor, do sexto de linha." (N. do T.)

[47] "E isso, comprou onde?" (N. do T.)

[48] "Em Balaclava, senhor. É bem simples — de madeira de palma." (N. do T.)

[49] "Bonito!" (N. do T.)

[50] "Se deseja guardá-la como lembrança de nosso encontro, sinto-me na obrigação." (N. do T.)

— *Oui, bon tabac, tabac turc* — diz o francês —, *et chez vous tabac russe? bon?*[51]

— *Rus bon* — diz o soldado de camisa rosa, momento em que os presentes caem na gargalhada. — *Francê não bon, bonjur, messiê* — diz o soldado de camisa rosa, disparando de uma só vez todo o seu arsenal de conhecimento da língua, e dá uns tapinhas na barriga do francês e ri. Os franceses também riem.

— *Ils ne sont pas jolis ces bêtes de russes*[52] — diz um zuavo[53] em meio à multidão de franceses.

— *De quoi de ce qu'ils rient donc?*[54] — diz outro negro, com sotaque italiano, aproximando-se dos nossos.

— *Kaftan bon* — diz o soldado desenvolto, examinando as abas bordadas do zuavo, e de novo todos riem.

— *Ne sortez pas de la ligne, à vos places, sacré nom...*[55] — grita o caporal francês, e os soldados, com visível insatisfação, dispersam-se.

E ali está, num círculo de oficiais franceses, o nosso jovem oficial da cavalaria, despejando um jargão francês de barbearia. A conversa gira em torno de um certo *comte Sazonoff, que j'ai beaucoup connu, monsieur*[56] — diz um ofi-

[51] "Sim, tabaco bom, tabaco turco. E o seu tabaco russo? É bom?" (N. do T.)

[52] "Não são nada bonitos, esses animais russos." (N. do T.)

[53] Os zuavos eram membros das tropas coloniais francesas, formadas nos anos 1830, inicialmente por argelinos, mas depois por soldados oriundos de todas as colônias francesas. Eram famosos por seus uniformes coloridos. (N. do T.)

[54] "Do que é que estão rindo?" (N. do T.)

[55] "Não saiam da linha, a seus postos, em nome de Deus." (N. do T.)

[56] "Conde Sazónov, que eu conheci muito bem, senhor." (N. do T.)

cial francês cheio de dragonas — *c'est un de ces vrais comtes russes, comme nous les aimons.*[57]

— *Il y a un Sazonoff que j'ai connu* — diz o cavalariano —, *mais il n'est pas comte, a moins que je sache, un petit brun de votre âge à peu près.*[58]

— *C'est ça, monsieur, c'est lui. Oh, que je voudrais le voir ce cher comte. Si vous le voyez, je vous pris bien de lui faire mes compliments. Capitaine Latour*[59] — diz ele, com uma reverência.

— *N'est ce pas terrible la triste besogne, que nous faisons? Ça chauffait cette nuit, n'est-ce pas?*[60] — diz o cavalariano, desejando manter a conversa e apontando para os cadáveres.

— *Oh, monsieur, c'est affreux! Mais quels gaillards vos soldats, quels gaillards! C'est un plaisir que de se battre contre des gaillards comme eux.*[61]

— *Il faut avouer que les vôtres ne se mouchent pas du pied non plus*[62] — diz o cavalariano, fazendo uma reverência e imaginando-se incrivelmente inteligente.

Mas basta.

[57] "É um daqueles verdadeiros condes russos, que nos dão gosto." (N. do T.)

[58] "Tem um Sazónov que eu conheci, mas ele não é conde, pelo que eu sei, um moreno pequeno da sua idade, mais ou menos." (N. do T.)

[59] "É esse, senhor, é ele. Ah, como eu queria ver esse querido conde. Se o senhor o encontrar, peço-lhe que mande meus cumprimentos. Capitão Latour." (N. do T.)

[60] "Não é terrível esse triste trabalho que estamos fazendo? Foi quente essa noite, não foi?" (N. do T.)

[61] "Oh, é terrível, senhor! Mas que corajosos os seus soldados, que corajosos! É um prazer lutar contra corajosos como vocês." (N. do T.)

[62] "Deve-se reconhecer que os seus também não ficam para trás." (N. do T.)

É melhor que olhem para esse menininho de dez anos, que, usando um velho quepe, talvez do pai, sapatos em seus pés sem meias e calças curtinhas de nanquim, sustentadas apenas por suspensórios, cruzou o aterro, bem no início da trégua, e ficou caminhando pela depressão, olhando, com curiosidade obtusa, para os franceses e para os cadáveres deitados no chão, e colhendo as flores azuis do campo, que cobriam aquele fatídico vale. Ao retornar para casa, com um grande buquê, tapando o nariz por causa do cheiro que o vento lhe trazia, ele parou perto de um monte de corpos amontoados e ficou um bom tempo olhando para um horrível cadáver decapitado, que estava perto dele. Depois de ficar muito tempo parado, ele se moveu para mais perto e encostou com o pé no braço esticado e enrijecido do cadáver. O braço balançou um pouco. Ele tocou mais uma vez e com mais força. O braço balançou e novamente voltou a seu lugar. O menino de repente deu um grito, escondeu o rosto nas flores e saiu correndo a toda para longe dali, em direção à fortaleza.

Sim, no bastião e na trincheira foram erguidas as bandeiras brancas, o vale florido está repleto de corpos, o belo sol desce em direção ao mar azul, e o mar azul, balouçando, reluz aos raios dourados do sol. Milhares de pessoas aglomeram-se, observam, falam e sorriem umas para as outras. E essas pessoas — cristãos, que professam a grande lei do amor e da abnegação —, ao olhar para o que fizeram, não caem de repente de joelhos, arrependidas diante daquele que, ao lhes dar a vida, incutiu na alma de cada um, além do medo da morte, o amor pelo bem e pelo belo, e, com lágrimas de alegria e de felicidade, não se abraçam como irmãos? Não! Os trapos brancos são escondidos — e de novo silvam os instrumentos da morte e do sofrimento, novamente corre o sangue inocente e ouvem-se gemidos e maldições.

* * *

Então eu disse o que queria dizer desta vez. Mas uma enorme hesitação toma conta de mim. Talvez não devesse ter dito tudo isso, talvez o que eu disse pertença a uma daquelas perversas verdades que, ocultando-se inconscientemente na alma de cada um, não devem ser expressas, para que não se tornem nocivas, como a borra de um vinho, que não se deve agitar, para não estragá-lo.

Onde está, nesta história, a representação do mal, que se deve evitar? Onde está a representação do bem, que se deve imitar? Quem é seu vilão, e quem é seu herói? Todos são bons e todos são maus.

Nem Kalúguin, com sua brilhante valentia (*bravoure de gentilhomme*)[63] e sua vaidade — o motor de todos os atos —, nem Praskúkhin, homem fútil, inofensivo, embora tenha tombado *no campo de batalha pela fé, pelo trono e pela pátria*,[64] nem Mikháilov, com sua timidez e sua visão limitada, nem Pest — uma criança sem convicções firmes ou princípios — podem ser vilões ou heróis desta história.

O herói da minha história, a quem amo com todas as forças de minha alma, a quem tentei reproduzir em toda a sua beleza, e que sempre foi, é e será belo, é a verdade.

26 de junho de 1855

[63] "Valentia de fidalgo." (N. do T.)

[64] Trecho da oração que se fazia durante o sepultamento dos mortos em combate. (N. do T.)

SEBASTOPOL EM AGOSTO DE 1855

I

No fim de agosto, por uma grande e escarpada estrada de Sebastopol, entre Duvanká[1] e Bakhtchisarai, avançava, a passo lento, em meio à poeira densa e quente, uma teleguinha de oficiais (daquele tipo específico de telega que não se encontra mais em lugar nenhum, algo entre uma *britchka*[2] de judeus, uma carroça russa e uma carroça do tipo cesto).

Na parte da frente da carroça, de cócoras, puxando as rédeas, ia um ordenança, usando sobrecasaca de nanquim e um antigo quepe de oficial, que já ficara completamente mole; na parte de trás, sobre as trouxas e fardos cobertos por um xairel, ia sentado um oficial da infantaria, de capote de verão. O oficial, pelo que se podia deduzir dele na posição sentada, era de baixa estatura, mas extremamente largo, e não tanto de ombro a ombro, e sim do peito até as costas, era largo e corpulento. O pescoço e a nuca eram muito fortes e tensos, a chamada cintura — o sulco no meio do tronco — não existia, mas barriga também não existia; ao contrário, ele estava mais para magro, especialmente no rosto, coberto por um bronzeado insalubre e amarelado. Seu rosto seria bonito, não fosse por certa tumefação e pelas rugas graúdas e

[1] Última estação antes de Sebastopol. (Nota do Autor)

[2] Carruagem longa de quatro rodas. (N. do T.)

macias de alguém que ainda não é velho, que fundiam e ampliavam os traços e davam a todo o rosto uma expressão geral de aspereza e falta de vigor. Seus olhos eram pequenos, castanhos, extremamente vivos, até insolentes; o bigode era muito espesso, mas curto e mordiscado; e o queixo e especialmente as maçãs do rosto estavam cobertos por uma barba de dois dias, robusta, cerrada e negra. O oficial fora ferido no dia 10 de maio por um estilhaço na cabeça, na qual, até aquele momento, ele usava uma faixa, e agora, sentindo-se plenamente saudável havia já uma semana, voltava do hospital militar de Simferopol para o regimento, que estava estacionado em algum lugar por ali, de onde se ouviam disparos — se era na própria Sebastopol, na banda Norte ou em Inkerman, isso ninguém conseguira lhe dizer com segurança. Os disparos, especialmente quando as montanhas não os barravam ou o vento não os levava, já se faziam ouvir com extrema clareza, frequência e com aparente proximidade: ora uma explosão como que sacudia o ar e fazia com que tudo estremecesse involuntariamente, ora vinham depressa, um atrás do outro, sons menos fortes, como o rufar de um tambor, interrompido vez ou outra por um ruído assombroso, ora tudo fundia-se numa espécie de crepitar ondulante, semelhante ao som dos trovões quando a tempestade está no auge e acaba de desabar torrencialmente. Todos diziam, e também dava para ouvir, que um bombardeio terrível estava acontecendo. O oficial apressou o ordenança: parecia querer chegar o quanto antes.

Ao encontro deles vinha um grande comboio de mujiques russos, que levara provisões para Sebastopol e agora retornava de lá cheio de doentes e feridos, soldados, marinheiros, aliados gregos e voluntários.[3] A carroça do oficial

[3] Durante a Guerra da Crimeia, formaram-se batalhões de voluntá-

teve que parar, e o oficial, apertando os olhos e franzindo o cenho por causa do pó, que se erguia na estrada numa nuvem densa e imóvel e acumulava-se em seus olhos e orelhas, observou com exasperada indiferença os rostos dos doentes e feridos.

— É da *nossa* companhia esse pracinha fraco — disse o ordenança, virando-se para o senhor e apontando para a carroça, que, nesse momento, estava emparelhada com a deles.

Na parte da frente da carroça, ia sentado, de lado, um russo barbudo de chapéu de lã fina, que, com o cotovelo apoiado no cabo do chicote, amarrava o chicote. Atrás dele, na telega, iam aos solavancos uns cinco soldados, em diferentes posições. Um deles, com a mão atada numa espécie de cordinha e o capote jogado por cima da camisa bem suja, ia sentado no meio da telega com um semblante animado, ainda que magro e pálido, e ao ver o oficial fez menção de levar a mão ao chapéu, mas depois, certamente por lembrar que ele estava ferido, fez que só queria coçar a cabeça. Outro, ao lado dele, estava deitado bem no fundo; só se viam os dois braços descarnados, com os quais ele se segurava nas bordas da carroça, e os joelhos erguidos, balançando como feixes para todos os lados. O terceiro, com o rosto inchado e a cabeça enfaixada, no topo da qual assomava um chapéu de soldado, ia sentado de lado, as pernas pendendo em direção à roda, e, com os braços apoiados nos joelhos, aparentemente cochilava. Foi a ele que se dirigiu o oficial que ia passando.

— Doljnikov! — gritou ele.

— E-eu! — respondeu o soldado, abrindo os olhos e tirando o quepe, e com uma voz tão grave, profunda e entrecortada, que era como se uns vinte soldados tivessem gritado juntos.

rios gregos que habitavam a região de Balaclava e lutavam ao lado dos russos. (N. do T.)

— Quando foi ferido, meu amigo?

Os olhos plúmbeos e embaciados do soldado ganharam vida: via-se que tinha reconhecido o seu oficial.

— Uma saudação a *vosselência*! — gritou ele, com a mesma voz entrecortada e grave.

— Onde a companhia está estacionada agora?

— Estacionada em Sebastopol, queriam atravessar na quarta, *vosselência*!

— Aonde?

— Não dá para saber... deve ser para a banda Norte, *vosselência*! Hoje, *vosselência* — acrescentou ele, com voz arrastada e pondo o chapéu —, já começaram a disparar direto, mais com bombas, chegou até na baía; hoje a luta está que é uma desgrama, até...

Não foi possível ouvir o resto do que disse o soldado; mas, pela expressão de seu rosto e pela pose, via-se que ele, com aquela raiva típica de quem está sofrendo, dizia coisas pouco auspiciosas.

O oficial em trânsito, o tenente Kozeltsov, era um oficial fora do comum. Era daqueles que não viviam de maneira tal e faziam coisa tal porque os outros assim viviam e faziam: ele fazia tudo o que queria, e os outros é que faziam o mesmo que ele, e tinham certeza de que aquilo seria bom. Era de natureza bastante opulenta; era bem inteligente e, além disso, talentoso, cantava bem, tocava violão, falava com muita desenvoltura e escrevia com muita leveza, sobretudo a papelada burocrática, na qual se tornara calejado em seu período de ajudante de ordens de regimento; o mais admirável em sua natureza, porém, era a sua energia, cheia de si, que, embora estivesse embasada sobretudo nesses talentos ínfimos, constituía, por si só, um traço marcante e surpreendente. Sua vaidade era do tipo que se fundia à vida e que se desenvolve com mais frequência em certos círculos masculinos, especialmente nos militares; para ele, não havia outra alternativa além de sobressair-se a todos ou ser aniquilado; essa vaidade era o motor até de seus impulsos internos: mesmo para si ele gostava de se sobressair às pessoas com quem se comparava.

— Como assim! Vou lá ficar ouvindo esse *moscou*[4] tagarelar? — murmurou o tenente, sentindo o peso de certa apatia no coração e uma nebulosidade nos pensamentos provocados nele pela visão do transporte dos feridos e pelas palavras do soldado, cujo significado era involuntariamente reforçado e confirmado pelos ruídos dos bombardeios. — *Que ridículo esse moscou*... Vamos, Nikoláiev! pode tocar... O que foi, caiu no sono?! — acrescentou ele, dirigindo-se ao ordenança num tom bastante rabugento, enquanto ajeitava as abas do capote.

As rédeas foram puxadas, Nikoláiev estalou os lábios e a carroça saiu trotando.

— Só vamos parar um pouco para alimentar os cavalos, e depois, na mesma hora... Adiante — disse o oficial.

II

Quando já adentrava a rua coberta pelos escombros arruinados das paredes de pedra das casas tártaras de Duvanká, o tenente Kozeltsov foi detido pelo transporte de bombas e balas de canhão que iam em direção a Sebastopol e que se amontoavam na estrada.

Dois soldados de infantaria estavam sentados sobre as pedras de um muro desmoronado ao lado da estrada, bem no meio da poeira, e comiam melancia com pão.

— Vai longe, patrício? — disse um deles, enquanto mas-

[4] Em muitos regimentos do exército, os oficiais, de modo meio desdenhoso, meio carinhoso, chamam os soldados de “moscou” ou ainda de “juramento”. (Nota do Autor)

tigava o pão, para o soldado que, com uma pequena mochila nos ombros, parou ao lado.

— A caminho da companhia, viemos da província — respondeu o soldado, tirando os olhos da melancia e ajeitando a mochila nas costas. — Imagine você que, duas semanas atrás, estávamos olhando o feno da companhia, mas agora, veja só, fomos todos requisitados; só que ninguém sabe onde a companhia se encontra no presente momento. Diz que os nossos estacionaram na Korabiélnaia[5] na semana passada. Os senhores não ouviram falar?

— Está na cidade, meu irmão, na cidade — falou o outro, um velho soldado de comboio que, com um canivete, escavava a melancia ainda verde e um tanto esbranquiçada. — Viemos de lá agorinha, faz nem um dia. Um horror, meu irmãozinho, é melhor nem ir, deite em qualquer lugar aí no feno, fique aí esticado um diazinho ou dois que vai ser melhor.

— Mas como assim, senhores?

— Se não está ouvindo, agora estão disparando para todo lado, não tem um só lugar inteiro. Nem dá para dizer quantos dos nossos eles mataram!

E o que estava falando fez um gesto com a mão e ajeitou o chapéu.

O soldado em trânsito meneou a cabeça com ar pensativo, estalou a língua, depois tirou um cachimbinho do cano da bota, sem enchê-lo, esgaravateou o tabaco queimado, acendeu um pedacinho de mecha com o soldado que estava fumando e soergueu o chapéu.

— Não há outro como Deus, senhores! Com a sua licença! — disse ele e, sacudindo a mochila atrás das costas, pôs-se a caminhar pela estrada.

[5] A região sudeste da cidade de Sebastopol. (N. do T.)

— Ora, era melhor ter esperado! — disse o que escavava a melancia, num tom persuasivo e arrastado.

— Dá na mesma — murmurou o que passava, enquanto se insinuava por entre as rodas das carroças aglomeradas. — Pelo visto, também vou ter que comprar uma melancia para jantar; veja só o que a gente está dizendo.

III

A estação de posta estava cheia de gente quando Kozeltsov aproximou-se dela. A primeira figura com que se deparou, ainda no terraço, foi a do chefe da estação, homem magrinho, muito jovem, que trocava invectivas com dois oficiais que o seguiam.

— Não é que vão esperar dois dias, vão esperar uns dez! Até os generais estão esperando, meu caro! — dizia o chefe da estação, com o desejo de alfinetar os viajantes. — E eu não vou atrelar para os senhores.

— Então não é para dar cavalo para ninguém, se não tem!... E por que é que deu para um criado qualquer com uma bagagem? — gritava o mais velho dos dois oficiais, que segurava um copo de chá e visivelmente evitava os pronomes, embora passasse a impressão de que lhe seria muito fácil tratar o chefe da estação por "você".

— Pois julgue o senhor mesmo, senhor chefe da estação — dizia com hesitação o outro oficial, um jovenzinho —, não é para nossa própria diversão que precisamos partir. É que também somos necessários, afinal, já que fomos requisitados. Do contrário, juro que vou contar tudo isso ao general Kramper, impreterivelmente! É que, do contrário, o que é isso... isso quer dizer que o senhor não respeita a patente de oficial.

— O senhor sempre estraga tudo! — interrompeu-o o mais velho, desgostoso. — O senhor só me atrapalha; tem que saber falar com ele. Agora ele perdeu o respeito de vez... Traga os cavalos agora mesmo, estou lhe dizendo!

— Eu ficaria feliz, meu caro, mas de onde é que vou tirá-los?...

O chefe da estação fez um breve silêncio e, de repente, inflamou-se e, agitando os braços, começou a falar:

— Meu caro, eu entendo bem e sei de tudo; mas o que se pode fazer? Pois deixem só que eu (no rosto dos oficiais, manifestou-se a esperança)... Deixem que eu viva até o fim do mês, e não ficarei mais aqui. É melhor ir para a colina de Malákhov[6] do que ficar aqui, juro por Deus! Que eles façam como quiserem, quando tiverem essas ordens. Agora não tem uma só carroça firme em toda a estação, e é o terceiro dia que os cavalos não veem um pedacinho de feno.

E o chefe da estação desapareceu atrás dos portões.

Kozeltsov entrou no cômodo junto com os oficiais.

— Que fazer — disse o oficial mais velho ao mais novo, com plena tranquilidade, embora um segundo antes tivesse parecido furioso com ele —, já estamos há três meses viajando, vamos esperar mais um pouco. Não faz mal, chegaremos a tempo.

IV

O cômodo enfumaçado e sujo estava tão cheio de malas e oficiais, que Kozeltsov mal encontrou um lugar na janela, onde se sentou; enquanto observava os rostos e escutava as conversas, começou a enrolar um cigarro. À direita da porta, ao redor de uma mesa torta e sebenta, sobre a qual havia dois

[6] Elevação localizada a sudeste de Sebastopol, também conhecida como "Malakoff". Durante a Guerra da Crimeia, foi uma das principais posições defensivas do exército russo. (N. do T.)

samovares cujo cobre estava esverdeado aqui e ali e açúcar distribuído em diversos papeizinhos, estava sentado o grupo principal: um jovem oficial imberbe, usando um *arkhaluk*[7] novo e acolchoado, certamente feito a partir de um roupão feminino, enchia a chaleira; uns quatro oficiais igualmente jovenzinhos encontravam-se em diversos cantos do cômodo; um deles, com uma espécie de casaco de peles colocado debaixo da cabeça, dormia no sofá; outro, de pé junto à mesa, cortava carne de carneiro frita para um oficial sem braço, que estava sentado à mesa. Dois oficiais, um vestindo um capote de ajudante de ordens, o outro, um da infantaria, porém fino, e com uma bolsa por cima do ombro, estavam sentados perto da tarimba; e, só pelo modo como olhavam para os demais e como aquele que levava a bolsa fumava seu charuto, via-se que não eram oficiais de infantaria do *front*, e que estavam satisfeitos com isso. Não que se visse qualquer desdém em seus modos, mas sim certa tranquilidade presunçosa, baseada em parte no dinheiro, em parte nas relações de intimidade com os generais — a consciência de uma superioridade que chegava a ser o desejo de ocultá-la. Um médico ainda jovem e de lábios grossos e um artilheiro de fisionomia alemã estavam sentados quase que nos pés do jovem oficial que dormia no sofá e contavam dinheiro. Havia uns quatro ordenanças — alguns cochilavam, outros cuidavam de suas malas e trouxas junto à porta. Em meio a todos os rostos, Kozeltsov não encontrou nenhum conhecido; mas, com curiosidade, começou a escutar as conversas. Gostou dos jovens oficiais, que, como ele determinou imediatamente, só de olhá-los, tinham acabado de chegar do Corpo; sobretudo, eles o lembravam que seu irmão, também vindo do Corpo, deveria chegar em alguns dias a uma das baterias de

[7] Casaco de seda listrada, de origem turca, popular na Rússia durante o século XIX. (N. do T.)

Sebastopol. Já no oficial de bolsa, cujo rosto ele vira em algum lugar, tudo lhe pareceu repugnante e insolente. Até lhe veio o pensamento: "Colocá-lo em seu lugar, se inventar de dizer alguma coisa", enquanto ele passava da janela à tarimba e sentava-se nela. Kozeltsov, como autêntico e bom oficial do *front*, não só não gostava, como ficava indignado contra os do Estado-Maior, que ele reconheceu naqueles dois oficiais ao primeiro olhar.

V

— Mas é um aborrecimento terrível — dizia um dos jovens oficiais — que esteja tão perto, mas não dê para chegar. Talvez haja ação hoje, e nós não estaremos lá.

No tom estrídulo de voz e no rubor fresco e sarapintado que assomou no rosto jovem do oficial enquanto ele falava, via-se aquele terno temor juvenil de alguém que receia constantemente que cada uma de suas palavras saia do jeito errado.

O oficial sem braço olhou para ele com um sorriso.

— Vai chegar a tempo, pode acreditar — disse ele.

O jovem oficial olhou com respeito para o rosto descarnado do sem braço, inesperadamente iluminado por um sorriso, calou-se e voltou a ocupar-se de seu chá. De fato, no rosto do oficial sem braço, em sua pose e especialmente naquela manga vazia do capote, manifestava-se muito daquela indiferença tranquila que pode ser explicada pelo fato de que, em qualquer assunto ou conversa, ele olhava como se dissesse: "Tudo isso é magnífico, eu sei tudo isso e posso fazer tudo, desde que eu queira".

— Como é que vamos decidir — disse outra vez o jovem oficial a seu companheiro de *arkhaluk* —, pernoitamos aqui ou partimos com o *nosso* cavalo?

O companheiro recusou-se a partir.

— O senhor pode imaginar, capitão — continuou o que servia o chá, dirigindo-se ao sem braço e apanhando a faca que o outro derrubara —, nos disseram que os cavalos estão extremamente caros em Sebastopol, aí nós compramos em conjunto um cavalo em Simferopol.

— Cobraram caro de vocês, imagino.

— Para falar a verdade, eu não sei, capitão: pagamos noventa rublos, com a carroça. É muito caro? — acrescentou ele, dirigindo-se a todos e a Kozeltsov, que olhava para ele.

— Não é caro, se for um cavalo jovem — disse Kozeltsov.

— Não é verdade? E nos disseram que era caro... Só é um pouquinho manco, mas disseram que isso passa. Ele é bem robusto.

— São de que Corpo? — perguntou Kozeltsov, que queria saber do irmão.

— Agora estamos vindo do regimento Dvoriánski,[8] somos seis; estamos todos a caminho de Sebastopol por desejo próprio — falou o loquaz oficialzinho —, só que não sabemos onde estão as nossas baterias: uns dizem que estão em Sebastopol, mas agora disseram que em Odessa.

— Em Simferopol será que não dava para ter descoberto? — perguntou Kozeltsov.

— Não sabem... O senhor pode imaginar, nosso companheiro foi até a chancelaria lá: disseram-lhe um monte de grosserias... o senhor pode imaginar que desagradável!... Deseja um cigarro enrolado? — disse ele, nesse momento, ao oficial sem braço, que tentava alcançar sua cigarreira.

[8] O regimento Dvoriánski, literalmente "regimento da nobreza", era uma escola militar, fundada em 1807, em São Petersburgo, e destinada a jovens da nobreza. Em 1855, foi renomeado como Corpo de Cadetes Konstantínovski. (N. do T.)

Ele o obsequiava com uma espécie de arroubo de servilismo.

— E vocês também estão vindo de Sebastopol? — prosseguiu ele. — Ai, meu Deus, como isso é admirável! Como todos nós em Petersburgo pensamos em vocês, em todos os heróis! — disse ele, dirigindo-se a Kozeltsov com respeito e genuína ternura.

— E como ficam vocês, será que terão que voltar? — perguntou o tenente.

— É isso que nós tememos. O senhor pode imaginar que nós, quando compramos o cavalo e adquirimos tudo que era necessário, uma cafeteira a álcool e ainda diversas coisinhas indispensáveis, ficamos totalmente sem dinheiro — disse ele em voz baixa e olhando para o seu companheiro —, então, se tivermos que voltar, nem sabemos como fazer.

— Vocês por acaso não receberam o abono de mobilização?[9] — perguntou Kozeltsov.

— Não — respondeu ele, sussurrando —, só que nos prometeram dar aqui.

— E vocês têm o certificado?

— Eu sei que o mais importante é o certificado; mas em Moscou um senador, que é meu tio, me disse, quando estive com ele, que dariam aqui, do contrário ele mesmo teria me dado. Será que darão mesmo?

— Darão, sem falta.

— Eu acho que talvez deem — disse ele, num tom que provava que, depois de perguntar em trinta estações a mesmíssima coisa, e de receber em toda parte respostas diversas, ele não acreditava muito em mais ninguém.

[9] Valor destinado aos soldados para as despesas de deslocamento ao novo local de serviço. (N. do T.)

VI

— E como não dariam? — disse de repente o oficial que discutira no saguão com o chefe da estação e que, naquele momento, aproximara-se dos que conversavam, e dirigindo-se em parte também aos oficiais do Estado-Maior, que estavam sentados ao lado, como se eles fossem os ouvintes mais dignos. — Pois eu também, assim como esses senhores, desejava me juntar ao exército operacional, até solicitei ir a Sebastopol, saindo de um lugar magnífico, e, exceto pelas despesas de viagem de P. para cá, 136 rublos em prata, não me deram nada, e já gastei mais de 150 rublos do meu próprio dinheiro. Imaginem só: oitocentas verstas e três meses de viagem. Com esses senhores aqui, dois meses. Ainda bem que eu tinha o meu dinheiro, mas e se não tivesse?

— Já são mesmo três meses? — perguntou alguém.

— E o que se pode fazer? — continuou o que contava. — Afinal, se eu não quisesse ir, nem teria solicitado sair de um bom lugar; desse modo, não estaria vivendo na estrada; não que eu tivesse medo... mas não tem possibilidade nenhuma. Em Perekop, por exemplo, morei por duas semanas; o chefe da estação não quer nem falar com você, pode vir quando quiser, só de ordens postais tem um tanto assim empilhado. Deve ser o destino... eu bem que queria, mas pelo visto é o destino; não digo isso porque justo agora há um bombardeio, é que, pelo visto, ter ou não ter pressa, dá na mesma; mas eu bem que queria...

Esse oficial explicava com tanto empenho os motivos de sua demora, e parecia justificar-se por eles, que aquilo involuntariamente levava a pensar que ele tinha se acovardado. Isso ficou ainda mais perceptível quando ele indagou a respeito do local em que se encontrava o seu regimento e se era perigoso lá. Ele até empalideceu e ficou sem voz quando o oficial sem braço, que estivera no mesmo regimento, disse-

-lhe que, naqueles dois dias, só de oficiais, haviam perdido dezessete homens.

De fato, no presente momento aquele oficial era um grandissíssimo covarde, ainda que, uns seis meses antes, não estivesse nem perto de se tornar um. Fora vítima de uma transformação que muitos experimentaram, antes e depois dele. Morava em uma de nossas províncias em que há Corpos de Cadetes e tinha um posto tranquilo e invejável, mas, ao ler nos jornais e em cartas particulares sobre as ações dos heróis de Sebastopol, seus antigos companheiros, ele de repente ardeu de ambição e — mais ainda — de patriotismo. Sacrificara muitas coisas àquele sentimento: não só um local habitável, mas também um alojamento com mobília estofada, adquirida ao longo de oito anos de esforços, relações, esperanças de um rico casamento — abandonara tudo e entregara, ainda em fevereiro, o requerimento para o exército operacional, sonhando com a imortal coroa da glória e as dragonas generalícias. Dois meses depois de entregue o requerimento, recebeu *dos superiores* uma indagação perguntando se ele não pediria subsídios ao governo; respondeu negativamente e continuou a aguardar pacientemente a nomeação, embora o ardor patriótico já tivera tempo, naqueles dois meses, de esfriar de maneira considerável. Dois meses depois, recebeu outra indagação, perguntando se ele não pertencia a uma loja maçônica e outras formalidades do gênero, e, depois de uma resposta negativa, finalmente, no quinto mês, saiu sua nomeação. Durante todo aquele tempo, os amigos e, acima de tudo, aquele sentimento de descontentamento com o novo, que aparece lá no fundo a cada mudança de posição, conseguiram convencê-lo de que ele fizera uma grandissíssima tolice ao ingressar no exército operacional. Quando se viu sozinho, com azia e o rosto coberto de pó, na quinta estação, onde se encontrou com o contínuo vindo de Sebastopol que lhe contou dos horrores da guerra, esperando há doze horas pelos cavalos — ele já se arrependera totalmente de sua frivolidade; com horror difuso, pensou no que tinha pela frente e seguiu adiante, de modo inconsciente, como quem vai em direção ao sacrifício. Ao longo daqueles três meses de perambulação pelas estações, nas quais, quase que em toda parte, era preciso esperar e encontrar oficiais voltando de Sebastopol com relatos horríveis, esse sentimento cresceu gradualmente e, por fim, levou o pobre oficial ao ponto em que, de herói disposto às mais arrojadas empreitadas, como ele se imaginava em P., agora, em Duvanká, tornara-se um mísero covarde; e depois de se encontrar, um mês antes, com os jovens que vinham do Corpo dos Cadetes, ele tentou seguir viagem da maneira mais tranquila possível, considerando aqueles como os últimos dias de sua vida; em cada estação ele abria a cama, a maletinha de víveres, jogava uma partida de *préférence*, encarava o livro de reclamações como um passatempo e alegrava-se quando não lhe davam cavalos.

Ele realmente teria sido um herói se, ao sair de P., tivesse caído diretamente nos bastiões, mas agora ainda teria que passar por muitos sofrimentos morais para transformar-se naquele homem tranquilo e paciente no esforço e no perigo que acostumamo-nos a ver no oficial russo. Mas já seria difícil reanimar o seu entusiasmo.

VII

— Quem foi que pediu borche? — proclamou a patroa, bastante suja, uma mulher gorda de uns quarenta anos, ao entrar no cômodo com uma tigela de *schi*.[10]

[10] Sopa de repolho. (N. do T.)

A conversa imediatamente cessou e todos os presentes no cômodo dirigiram seus olhos para a taverneira. O oficial que viera de P. até deu uma piscadela para o jovem oficial, apontando na direção dela.

— Ah, foi o Kozeltsov que pediu — disse o jovem oficial —, tem que acordá-lo. Levante-se para almoçar — disse ele, aproximando-se do que dormia no sofá e dando-lhe um empurrão no ombro.

Um jovem menino, de uns dezessete anos, com alegres olhos negros e um rubor na face inteira, saltou energicamente do sofá e, esfregando os olhos, ficou parado no meio do cômodo.

— Ah, com licença — disse ele ao médico, em quem havia trombado ao levantar.

O tenente Kozeltsov imediatamente reconheceu o irmão e aproximou-se dele.

— Não está me reconhecendo? — disse, sorrindo.

— A-a-ah! — gritou o irmão mais novo. — Mas que surpresa! — e pôs-se a beijar o irmão.

Eles se beijaram três vezes, mas na terceira vez titubearam, como se a ambos tivesse ocorrido o pensamento: por que é que tem que ser necessariamente três vezes?

— Mas como estou feliz! — disse o mais velho, olhando bem para o irmão. — Vamos ao terraço, conversar um pouco.

— Vamos, vamos. Não quero o borche... coma você, Féderson — disse ele ao companheiro.

— Mas era você que queria comer.

— Não quero nada.

Quando saíram para o terraço, o mais novo não parava de perguntar ao irmão: "Mas e então, como você está, conte", e de dizer como estava feliz por vê-lo, mas ele mesmo não contou nada.

Quando cinco minutos haviam se passado, durante os quais eles conseguiram ficar um pouco em silêncio, o mais velho perguntou por que razão o mais novo não tinha ido para a guarda, como todos os *nossos* esperavam.[11]

— Ah, sim! — respondeu o mais novo, corando com a mera lembrança. — Isso me deixou tremendamente abatido, eu nunca teria esperado que pudesse acontecer algo assim... Você consegue imaginar, pouco antes do término, três de nós fomos fumar... Você conhece aquela salinha, que fica atrás da casinha do porteiro, devia ser assim no seu tempo, também... Só que, imagine você, esse canalha do vigia viu e saiu correndo para contar ao oficial de plantão (e olhe que nós demos gorjeta para o vigia algumas vezes). Aí ele chegou de mansinho. Só que, quando nós o vimos, os outros largaram o cigarro e deram no pé pela porta lateral, e eu fiquei sem ter para onde ir; ali mesmo ele começou a me dizer umas coisas desagradáveis — é claro que eu não deixei barato; bem, aí ele contou ao inspetor, e deu nisso. Foi por isso que me deram nota baixa em comportamento, embora todas as outras fossem excelentes... Só em mecânica tirei um doze...[12] Bem, e deu nisso. Fui liberado para o exército. Depois, prometeram me transferir para a guarda, mas eu nem queria mais e pedi para ir à guerra.

— Então foi assim!

— É verdade, estou lhe dizendo, sem brincadeiras, fiquei tão enojado com tudo, que desejei vir o mais depressa possível para Sebastopol. E, além do mais, se tudo correr bem aqui, dá para subir ainda mais depressa do que na guarda: lá você passa dez anos como coronel, enquanto aqui o Tottle-

[11] No regimento Dvoriánski, os alunos que concluíam o curso com notas máximas podiam optar pela nomeação na guarda, denominação dada às tropas de elite do exército russo, com a patente de sargento. (N. do T.)

[12] No regimento Dvoriánski, utilizava-se um sistema de notas que ia até doze. (N. do T.)

ben,[13] em dois anos, saiu de tenente-coronel para general. Bem, e se eu for morto, vou fazer o quê?

— Veja só como você é! — disse o irmão, sorrindo.

— Mas sabe qual foi o motivo mais importante, irmão? — disse o mais novo, sorrindo e corando, como se prestes a dizer algo muito vergonhoso. — Tudo isso é bobagem; o motivo mais importante para eu ter solicitado é que, apesar de tudo, dava certa vergonha viver em Petersburgo, quando aqui tem gente morrendo pela pátria. E eu queria estar com você — acrescentou ele, com ar ainda mais acanhado.

— Como você é engraçado! — disse o irmão mais velho, pegando um cigarro e olhando para ele. — Só é uma pena que não ficaremos juntos.

— E então, diga a verdade, dá medo nos bastiões? — perguntou de repente o mais jovem.

— No início, dá medo, depois você acostuma, não é nada. Você mesmo verá.

— E diga mais uma coisa: você acha que vão tomar Sebastopol? Eu acho que não tomarão de jeito nenhum.

— Sabe Deus.

— Só tem uma coisa desagradável... Imagine você que infelicidade: é que, no caminho, roubaram uma trouxa inteira nossa, e a minha barretina estava nela, então agora eu estou numa situação terrível e nem sei como vou me apresentar. Sabe, é que agora nós temos umas barretinas novas, e no geral teve tantas mudanças, todas para melhor... Posso lhe contar tudo isso. Estive em tudo quanto é lugar de Moscou.

Vladímir, o Kozeltsov-segundo, era muito parecido com o irmão Mikhail, mas parecido como uma rosa que desabrocha é parecida com uma rosa silvestre que já murchou. Seus cabelos eram igualmente castanho-claros, porém espessos e

[13] Eduard Ivánovitch Tottleben (1818-1884), engenheiro militar, um dos heróis da defesa de Sebastopol. (N. do T.)

enrolados nas têmporas. Na nuca, branca e delicada, ele tinha um rabicho castanho-claro — sinal de felicidade, como dizem as babás. Pela cor delicada e branca da pele de seu rosto, não só transparecia, mas ardia, delatando todos os movimentos da alma, um rubor jovem e cheio de vida. Os mesmos olhos do irmão eram nele mais abertos e brilhantes, o que se tornava especialmente perceptível por estarem, com frequência, cobertos por uma leve umidade. Uma penugem castanho-clara brotava pelas bochechas e acima dos lábios vermelhos, que formavam com frequência um sorriso acanhado e revelavam os dentes brancos e brilhantes. Esbelto, espadaúdo, de capote desabotoado, debaixo do qual se via a camisa vermelha de gola inclinada, com um cigarro nas mãos, o cotovelo apoiado no peitoril do terraço, com uma alegria ingênua no rosto e nos gestos — assim estava ele ali, diante do irmão, e era um menino tão agradável e bonito, que dava vontade de ficar parado admirando-o. Estava extremamente feliz pelo irmão, olhava para ele com respeito e orgulho, imaginando-o um herói; mas, em certos aspectos — a saber, consideradas as habilidades de falar francês, de estar na companhia de gente importante, de dançar etc., em suma, de uma educação social que, para dizer a verdade, ele mesmo não possuía —, tinha um pouco de vergonha dele, encarava-o com arrogância e tinha até a esperança de educá-lo, se fosse possível. Todas as suas impressões eram ainda de Petersburgo, da casa de certa senhora que adorava gente bonita e que o convidava para suas festas, e da casa de um senador em Moscou, onde ele uma vez dançara num grande baile.

VIII

Depois de conversarem até se fartar, e de alcançarem finalmente aquela sensação, que se sente com frequência, de que havia pouco em comum entre eles, embora se amassem, os irmãos ficaram calados por um tempo bastante longo.

— Então pegue suas coisas e vamos agora mesmo — disse o mais velho.

O mais novo de repente enrubesceu e titubeou.

— Vamos direto para Sebastopol? — perguntou ele, depois de um instante em silêncio.

— Sim, ora. Imagino que você não tenha muita coisa, afinal, nós podemos dar um jeito.

— Magnífico! Vamos agora mesmo, então — disse o mais novo, suspirando, e foi em direção ao cômodo.

Mas, sem abrir a porta, ele parou no saguão, abaixou a cabeça com ar tristonho e começou a pensar:

"Agora, direto para Sebastopol, debaixo das bombas... é horrível! Mas tanto faz, em algum momento teria que ir. Pelo menos agora estou indo com meu irmão..."

Acontece que, só então, ao pensar que, tendo subido na telega, se ele não descesse mais, chegaria em Sebastopol e nenhuma casualidade poderia detê-lo, ele viu com clareza o perigo que estava buscando e ficou perturbado com a mera ideia de sua proximidade. Depois de mal e mal tranquilizar-se, entrou no cômodo; mas um quarto de hora se passou, e ele ainda não tinha saído ao encontro do irmão, de modo que o mais velho finalmente abriu a porta para chamá-lo. O Kozeltsov mais moço, com a postura de um colegial que cometeu uma falta, conversava sobre alguma coisa com o oficial de Petersburgo. Quando o irmão abriu a porta, ele ficou completamente desconcertado.

— Já vou, já estou saindo! — disse, acenando para o irmão. — Espere por mim lá, por favor.

Um minuto depois, ele realmente saiu e, com um profundo suspiro, aproximou-se do irmão.

— Imagine só, não poderei ir com você, irmão — disse ele.

— Como? Que absurdo é esse?

— Vou lhe contar toda a verdade, Micha. Nenhum de nós tem mais dinheiro, estamos todos devendo àquele subcapitão que você viu ali. É uma vergonha terrível!

O irmão mais velho franziu o cenho e durante muito tempo não rompeu o silêncio.

— Está devendo muito? — perguntou ele, olhando de soslaio para o irmão.

— Muito... não, não muito; mas é uma vergonha terrível. Ele pagou para mim em três estações, e o açúcar dele foi todo... Então eu não sei... E também jogamos *préférence*... fiquei devendo um pouquinho para ele.

— Isso é ruim, Volódia! O que é que teria feito se não tivesse me encontrado? — disse o mais velho em tom severo, sem olhar para o irmão.

— É que eu pensei que receberia esse abono em Sebastopol, meu irmão, aí eu devolveria. Pois dá para fazer assim; e é melhor mesmo que eu vá amanhã com ele.

O irmão mais velho pegou a carteira e, com certo tremor nos dedos, pegou ali duas notas de dez rublos e uma de três.

— Este é todo o meu dinheiro — disse ele. — Quanto você deve?

Ao dizer que aquele era todo o seu dinheiro, Kozeltsov não dizia inteiramente a verdade: tinha ainda quatro douradas, costuradas no canhão da manga, para qualquer necessidade, mas ele dera a si mesmo a palavra de não tocar nelas por motivo algum.

Verificou-se que, pela *préférence* e pelo açúcar, o Kozeltsov-segundo devia só oito rublos. O irmão mais velho entregou-lhe o dinheiro, observando apenas que, quando não se tem dinheiro, não se deve nem pensar em jogar *préférence*.

— Jogou com que dinheiro?

O mais novo não disse uma só palavra em resposta. A pergunta do irmão pareceu-lhe uma dúvida em relação a sua honestidade. O aborrecimento consigo mesmo, a vergonha por sua atitude, que pôde gerar tamanha desconfiança, e a afronta da parte do irmão, que ele tanto amava, produziram em sua natureza impressionável um sentimento tão forte e doloroso que ele nada respondeu. Sentindo que não tinha condições de conter os sons chorosos que lhe vinham à garganta, ele pegou o dinheiro sem olhar e foi juntar-se aos companheiros.

IX

Nikoláiev, que havia se revigorado em Duvanká com duas tampinhas de vodca, compradas de um soldado que a vendia na ponte, ergueu as rédeas e a carroça saltitou pela estrada pedregosa que, sombreada aqui e acolá, levava a Sebastopol ao longo do Belbek,[14] mas os irmãos, as pernas de um chocando-se nas do outro, embora pensassem a cada minuto um no outro, iam obstinadamente calados.

"Por que é que ele me ofendeu", pensava o mais moço. "Ele podia não ter falado disso. Como se pensasse que sou um ladrão, e agora, pelo visto, está irritado, tanto que agora estamos estremecidos para sempre. E como seria glorioso estarmos os dois em Sebastopol! Dois irmãos, que são também amigos, combatendo o inimigo juntos: um já velho e, embora não muito instruído, um guerreiro muito valente, e o outro, jovem... mas também formidável... Dentro de uma semana, eu provaria a todos que não sou tão jovenzinho assim! Vou até parar de corar, no meu rosto haverá coragem, e até um bigode — pequeno ainda, porém decente — terá crescido até lá", e ele deu um beliscão na penugem que aparecia nas

[14] Rio que deságua no mar Negro 5 km ao norte da baía de Sebastopol. (N. do T.)

bordas de sua boca. "Talvez nós cheguemos hoje e imediatamente entremos em ação, eu e meu irmão. E ele deve ser obstinado e muito valente — daquele tipo que não fala muito, mas faz melhor que os outros. Eu gostaria de saber", prosseguia ele, "se é de propósito que ele está me empurrando tanto para a beirada da carroça. Deve estar sentindo que está incômodo para mim, mas faz cara de que não está me notando. Então nós vamos chegar hoje", continuou ele a imaginar, apertando-se na beirada da carroça e com medo de se mover, para não deixar o irmão notar que estava incômodo para ele, "e de repente vamos direto para o bastião: eu com as peças de artilharia, ele, com a companhia, e vamos juntos. Só que de repente os franceses se lançam sobre nós. Eu começo a atirar, atirar: mato uma quantidade pavorosa deles; mas mesmo assim eles correm bem na minha direção. Não dá mais para atirar, e acabou-se, não tenho salvação; só que de repente meu irmão avança correndo com o sabre, eu agarro o fuzil e nós investimos com os soldados. Os franceses lançam-se sobre o meu irmão. Eu chego correndo, mato um francês, e outro, e salvo meu irmão. Sou ferido em um dos braços, pego o fuzil com o outro e mesmo assim corro; só que uma bala mata meu irmão, bem ao meu lado. Eu paro por um minuto, olho para ele com muita tristeza, levanto-me e grito: 'Venham, vamos vingá-lo! Eu amava meu irmão mais que tudo no mundo', digo eu, 'e o perdi. Vamos vingá-lo, destruir o inimigo, ou morreremos todos aqui!'. Todos gritam, lançam-se atrás de mim. Aí todas as tropas francesas saem, o próprio Pélissier.[15] Nós matamos todos; mas, finalmente, sou ferido outra vez, uma terceira vez, e tombo à beira da morte. Então, todos vêm correndo até mim. Gortchakov chega e

[15] Aimable Jean Jacques Pélissier (1794-1864), marechal que comandou as tropas francesas durante a última fase do cerco de Sebastopol. (N. do T.)

pergunta o que desejo.[16] Eu digo que não desejo nada — só que me ponham ao lado do meu irmão, que quero morrer ao lado dele. Sou levado e colocado ao lado do cadáver ensanguentado do meu irmão. Eu me ergo de leve e digo apenas: 'Sim, vocês não souberam dar valor a dois homens que amaram verdadeiramente a pátria; agora, ambos tombaram... que Deus os perdoe!' — e morro."

Quem sabe até que ponto esses sonhos hão de realizar-se!

— E numa luta corpo a corpo, você já esteve? — perguntou ele de repente ao irmão, esquecendo-se completamente de que não queria conversar com ele.

— Não, nenhuma vez — respondeu o mais velho —, do nosso regimento, dois mil homens foram mortos, todos nas obras; eu também fui ferido nas obras. A guerra é feita de um jeito bem diferente do que você pensa, Volódia!

A palavra "Volódia" atingiu o mais moço: sentiu vontade de explicar-se com o irmão, que de modo algum pensava que havia ofendido Volódia.

— Está irritado comigo, Micha? — disse ele, depois de ficar em silêncio por um momento.

— Pelo quê?

— Não... por estar. Pelo que aconteceu entre nós. Assim, por nada.

— Nem um pouco — respondeu o mais velho, voltando-se na direção dele e dando-lhe um tapinha na perna.

— Então me perdoe se lhe magoei.

E o irmão mais moço virou-se para o lado, para esconder as lágrimas que de repente vieram-lhe aos olhos.

[16] Mikhail Dmítrievitch Gortchakov (1793-1861), general russo, comandante das tropas russas em Sebastopol de fevereiro a dezembro de 1855. (N. do T.)

X

— Será possível que já estamos em Sebastopol? — perguntou o irmão mais moço quando subiram a montanha, e diante deles abriram-se a enseada com os mastros dos navios, o mar com a frota inimiga ao longe, as brancas baterias da artilharia costeira, as casernas, os aquedutos, as docas e os edifícios da cidade, e as nuvens de fumaça, brancas, liláceas, que se erguiam incessantemente pelas montanhas amarelas que rodeavam a cidade e que paravam no céu azul, debaixo dos raios rosados do sol que, brilhando, já se refletia e descia em direção ao horizonte do mar escuro.

Volódia viu sem o menor tremor aquele lugar terrível, no qual tanto havia pensado; pelo contrário, era com um prazer estético e um sentimento heroico de jactância, pelo fato de que, dali a meia hora, ele também estaria ali, que ele olhava para aquele espetáculo realmente encantador e original, e olhou, concentrado e atento, até o momento em que chegaram à banda Norte, ao comboio do regimento do irmão, onde deveriam descobrir ao certo o lugar em que se posicionavam o regimento e a bateria.

O oficial que administrava o comboio morava próximo àquilo que se chamava *cidadezinha nova* — uns barracões de tábuas, construídos pelas famílias dos marinheiros —, numa barraca unida a uma tenda bastante grande, tramada com ramos verdes de carvalho, que ainda não haviam secado completamente.

Em frente a uma mesa dobrável, sobre a qual havia um copo de chá frio com cinzas de cigarro, uma bandeja com vodca e migalhas secas de caviar e pão, os irmãos encontraram o oficial, usando apenas uma camisa amarelada e suja, e contando, com um grande ábaco, uma enorme pilha de notas bancárias. Mas, antes de falarmos da pessoa do oficial e de sua conversa, é indispensável observar mais atentamente o interior de sua tenda e familiarizar-se pelo menos um pouco com seu modo de vida e com suas ocupações. A nova tenda era muito espaçosa, bem tramada e confortável, com mesinhas e banquinhos também feitos de turfa, como são construídos só para os generais ou comandantes de regimento; para que a folhagem não cedesse, as laterais e o topo estavam cobertos por três tapetes, que, embora bem feios, eram novos e provavelmente caros. Sobre a cama de ferro, que ficava sob o tapete principal, que tinha uma amazona desenhada, havia um cobertor felpudo vermelho-claro, um travesseiro sujo e rasgado e um casaco de pele de guaxinim; sobre a mesa havia um espelho com moldura de prata, uma escova de prata terrivelmente suja, um pente de chifre, quebrado e coberto de cabelos oleosos, um castiçal de prata, uma garrafa de licor com um enorme rótulo vermelho e dourado, um relógio de ouro com a imagem de Pedro I, dois anéis de ouro, uma caixinha com umas cápsulas, a casca de um pão, e também umas velhas cartas de baralho, espalhadas, e garrafas, vazias e cheias, debaixo da cama. Aquele oficial administrava o comboio do regimento e a forragem dos cavalos. Com ele vivia seu grande amigo, um comissário que cuidava de operações desse mesmo tipo.[17] No momento em que os irmãos entraram, ele dormia na barraca; já o oficial de comboio contava o dinheiro do erário antes do fim do mês. A aparência do oficial de comboio era muito bela e marcial: grande estatura, grandes bigodes, uma nobre corpulência. Nele, só eram desagradáveis certa sudorese e a intumescência do rosto todo, que quase escondia os pequenos olhos cinzentos (como se estivesse todo coberto de cerveja pórter), e a extrema falta de asseio, dos cabelos oleosos e gordurosos até os grandes pés, calçados apenas com uns sapatinhos de pele de arminho.

[17] Tratava-se de um funcionário responsável pelo abastecimento das tropas no *front*. (N. do T.)

— É dinheiro, é dinheiro! — disse o Kozeltsov-primeiro ao entrar na tenda, e dirigindo seu olhar, com involuntária avidez, para o monte de notas. — Bem que podia nos dar metade emprestada, Vassíli Mikháilitch!

O oficial de comboio, como que pego no ato do furto, recurvou-se todo ao ver o hóspede e, recolhendo o dinheiro, sem levantar-se, fez um reverência.

— Ah, se ao menos fosse meu! É do erário, meu caro!... E quem é esse com você? — disse ele, guardando o dinheiro num cofre que ficava a seu lado e olhando para Volódia.

— É meu irmão, acaba de chegar do Corpo. Nós passamos aqui para saber de vocês onde está o regimento.

— Sentem-se, senhores — disse ele levantando-se, sem prestar atenção nos hóspedes e saindo em direção à tenda. — Não querem beber alguma coisa? Talvez uma porterzinha? — disse ele.

— Mal não faria, Vassíli Mikháilitch!

Volódia ficou impressionado com a grandiosidade do oficial de comboio, com seus modos desleixados e o respeito com que seu irmão se dirigia a ele.

"Deve ser um oficial muito bom para eles, que todos respeitam: decerto é simples, mas hospitaleiro e valente", pensou, sentando-se no sofá com ar modesto e tímido.

— Então, onde é que está o nosso regimento? — perguntou o irmão mais velho através da barraca.

— O quê?

Ele repetiu a pergunta.

— O Zéifer esteve aqui comigo hoje: falou que mudaram para o quinto bastião.

— É certeza?

— Se eu estou dizendo, é porque deve ser; mas, também, o diabo é quem sabe! Ele não custa muito a mentir. E então, vão beber a pórter? — disse o oficial de comboio, sempre de dentro da tenda.

— Eu talvez beba — disse Kozeltsov.

— E você, vai beber, Óssip Ignátytch? — prosseguiu a voz na barraca, decerto dirigindo-se ao comissário, que dormia. — Basta de dormir: já são quase oito.

— Por que está me importunando? Não estou dormindo — respondeu uma voz fininha e preguiçosa.

— Então levante-se: fico entediado sem você.

E o oficial de comboio saiu em direção aos hóspedes.

— Traga uma pórter. A de Simferopol! — gritou ele.

O ordenança, com uma expressão orgulhosa no rosto, como pareceu a Volódia, entrou na tenda e, empurrando Volódia, alcançou a pórter debaixo do banco.

— Sim, meu caro — disse o oficial de comboio, enchendo os copos —, agora temos um novo comandante no regimento. Precisa de dinheiro... todo mundo tem que arranjar.

— Bem, acho que é alguém totalmente peculiar, da nova geração — disse Kozeltsov, pegando o copo nas mãos com ar cortês.

— Sim, da nova geração! Vai ser sovina do mesmo jeito. Quando comandava o batalhão, gritava que só ele, mas agora a música é diferente. Assim não dá, meu querido!

— Isso é.

O irmão mais moço não entendia nada do que diziam, mas tinha a vaga impressão de que o irmão não estava falando o que pensava, mas era como se falasse aquilo só por estar bebendo a pórter daquele oficial.

A garrafa de pórter já fora bebida, e a conversa continuava havia bastante tempo daquele mesmo modo, quando as abas da barraca descerraram-se e de dentro dela surgiu um homem não muito alto e com ar fresco, de roupão azul com borlas, com um quepe de cinta vermelha e cocarda. Ele saiu ajeitando seu bigodinho negro e, olhando para algum ponto do tapete, respondeu à saudação dos oficiais com um movimento quase imperceptível dos ombros.

— Deixe-me beber um copinho também — disse ele, sentando-se junto à mesa. — E então, o senhor está vindo de Petersburgo, meu jovem? — disse ele, dirigindo-se carinhosamente a Volódia.

— Sim, senhor, estou a caminho de Sebastopol.

— O senhor mesmo solicitou?

— Sim, senhor.

— E que vontade é essa que os senhores têm, eu não entendo! — continuou o comissário. — Tenho a impressão de que eu estaria disposto a ir embora agora mesmo a pé para Petersburgo, se me deixassem. Juro que estou farto dessa vida maldita!

— Que é que há de tão ruim aqui para vocês? — disse o Kozeltsov mais velho, dirigindo-se a ele. — Tem vida muito pior que a de vocês aqui!

O comissário olhou para ele e virou-se.

— Esse perigo ("de que perigo está falando, sentado aqui na banda Norte?", pensou Kozeltsov), a privação, não dá para conseguir nada — continuou ele, dirigindo-se sempre a Volódia. — E que vontade é essa a de vocês, eu absolutamente não consigo entendê-los, meus senhores! Se ainda tivesse alguma vantagem, mas não. Ora, seria bom, na sua idade, de repente ficar aleijado para o resto da vida?

— Alguns precisam de lucros, mas outros servem pela honra! — de novo intrometeu-se o Kozeltsov mais velho, com desgosto na voz.

— Que honra é essa, quando não se tem o que comer?! — disse o comissário, rindo com desdém, dirigindo-se ao oficial de comboio, que também deu risada daquilo. — Dê corda aí na *Lucia*[18] — disse ele, apontando para a caixinha de música —, gosto dela...

[18] A ópera *Lucia di Lammermoor* (1835), do compositor italiano Gaetano Donizetti (1797-1848). (N. do T.)

— E então, é um bom homem esse Vassíli Mikháilitch? — perguntou Volódia ao irmão, quando, já ao crepúsculo, eles saíram da tenda e seguiram viagem em direção a Sebastopol.

— Não é mau, só é um tremendo de um espertalhão avarento! Afinal, por baixo, ele tem uns trinta rublos por mês, mas vive como um porco. Você mesmo viu... Já esse comissário eu não posso nem ver, ainda vou bater nele algum dia. Esse canalha aí trouxe doze mil da Turquia!

XI

Volódia não estava exatamente de mau humor quando, já quase de madrugada, aproximaram-se da grande ponte sobre a enseada, mas sentia certo peso no coração. Tudo que ele tinha visto e ouvido coincidia tão pouco com suas impressões de um passado recente: o grande e luminoso salão de parquete onde se faziam os exames, as vozes animadas e bondosas e o riso dos colegas, o uniforme novo, o amado tsar, que durante sete anos ele se acostumara a ver e que, ao despedir-se deles, com lágrimas nos olhos, chamara-os de filhos — e tudo que ele via era tão pouco parecido com seus belos, radiantes e magnânimos sonhos.

— Bem, agora chegamos! — disse o irmão mais velho quando eles, aproximando-se da bateria Mikháilovskaia, saíram da carroça. — Se nos admitirem na ponte, iremos imediatamente às casernas Nikoláievskie. Você fique lá até de manhã, enquanto eu vou ao regimento para descobrir onde está a sua bateria, e amanhã venho buscar você.

— Mas por quê? É melhor irmos juntos — disse Volódia. — E eu vou com você ao bastião. Pois dá no mesmo: tenho que me acostumar. Se você vai, eu também posso...

— É melhor não ir.

— Não, por favor; pelo menos eu vou descobrir como...

— Meu conselho é não ir, mas que seja...

O céu estava limpo e escuro; as estrelas e as luzes das bombas e dos disparos, que se moviam sem cessar, já reluziam fortemente nas trevas. O edifício grande e branco da bateria e o começo da ponte assomavam da escuridão. Literalmente a cada segundo, alguns disparos de armas e explosões, juntos ou sucedendo rapidamente uns aos outros, sacudiam o ar de maneira mais nítida e ruidosa. Por detrás desse ruído, como que fazendo-lhe eco, ouvia-se o resmungo sombrio da enseada. Do mar soprava uma brisa, trazendo cheiro de umidade. Os irmãos aproximaram-se da ponte. Um voluntário, desajeitado, bateu com o fuzil no braço e gritou:

— Quem vem lá?

— Um soldado!

— Não pode passar!

— Como assim? Precisamos passar.

— Peça ao oficial.

O oficial, que cochilava sentado numa âncora, soergueu-se e deu ordem de deixar passar.

— Para lá pode, é de lá que não pode. Onde está se metendo? Todos de uma vez! — gritou ele para as carroças do regimento, amontoadas até o alto com cestões e aglomeradas junto à entrada.

Quando desciam ao primeiro pontão, os irmãos depararam-se com uns soldados que vinham de lá, conversando alto.

— Se ele recebeu o dinheiro dos apetrechos,[19] quer dizer que quitou totalmente, é isso aí...

— Ah, meus irmãos! — disse outra voz. — Quando você atravessa para a banda Norte, você vê a luz, juro que é isso! O ar é completamente diferente.

[19] Valor dado aos soldados para reparos nos uniformes. (N. do T.)

— Fale mais! — disse o primeiro. — Outro dia aí, caiu uma maldita aqui mesmo, arrancou a perna de dois marinheiros, então é melhor nem falar.

Os irmãos passaram o primeiro pontão, esperando a carroça, e pararam no segundo, que, em alguns lugares, já estava coberto de água. O vento, que parecera fraco no campo, aqui era bastante forte e impetuoso; a ponte balançava, e as ondas, chocando-se com ruído contra as traves e quebrando nas âncoras e cabos, inundavam o tabuado. À direita, nebuloso e hostil, rumorejava e negrejava o mar, destacando-se, numa infinita e uniforme faixa negra, do horizonte estrelado, com um tom acinzentado-claro em sua confluência; em algum lugar ao longe, brilhavam as luzes da frota inimiga. À esquerda, negrejava a massa escura de um dos nossos navios e ouviam-se os golpes das ondas contra o seu casco; via-se um vapor, que se afastava da banda Norte, ruidosa e velozmente. A luz de uma bomba, que explodiu perto dele, iluminou instantaneamente os cestões sobre o convés, empilhados até o alto, dois homens de pé na parte de cima e a espuma branca e os respingos das ondas esverdeadas, cortadas pelo vapor. Na beirada da ponte estava sentado um homem só de camisa que, com as pernas mergulhadas na água, consertava alguma coisa no pontão. Adiante, acima de Sebastopol, revoavam as mesmas luzes, e sons terríveis chegavam, cada vez mais e mais altos. Uma onda do mar chocou-se com o lado direito da ponte e o inundou, molhando os pés de Volódia; dois soldados passaram por ele, chapinhando com os pés na água. Algo de repente iluminou, com um estrondo, a ponte à frente deles, a carroça que avançava nela e um cavaleiro, e os estilhaços, levantando respingos com um assobio, caíram sobre a água.

— Ah, Mikhail Semiónytch! — disse o cavaleiro, parando o cavalo em frente ao Kozeltsov mais velho. — E então, já está totalmente recuperado?

— Como pode ver. Aonde Deus o leva?

— Para a banda Norte, atrás de cartuchos: é que hoje fiquei no lugar do ajudante de ordens do regimento... estamos à espera de uma investida a qualquer momento, mas na bolsa não tem nem cinco cartuchos. Excelentes disposições!

— E Martsov, onde é que está?

— Ontem perdeu a perna... Na cidade, estava dormindo no quarto... Talvez você se encontre com ele, está no posto de socorro.

— O regimento está no quinto, é isso mesmo?

— Sim, renderam o posto M... Passe no posto de socorro: os nossos estão lá, vão acompanhar vocês.

— E o meu alojamento na Morskaia, está inteiro?

— Ih, meu caro! Faz tempo que foi totalmente destruído pelas bombas. Agora você nem reconhece Sebastopol: de mulher não se vê nem sombra, nem tavernas, nem música; ontem, o último estabelecimento se mudou. Agora ficou terrivelmente triste... Adeus!

E o oficial seguiu adiante, trotando.

Volódia de repente sentiu um medo terrível: tinha a impressão de que, naquele mesmo instante, uma bala de canhão ou um estilhaço viriam voando e o acertariam bem na cabeça. Aquela treva úmida, todos aqueles sons, sobretudo o impertinente rumor das ondas — parecia que tudo estava lhe dizendo que não seguisse adiante, que nada de bom esperava por ele ali, que seus pés nunca mais pisariam em terra russa daquele lado da enseada, que voltasse imediatamente e corresse para qualquer lado, o mais longe possível daquele terrível lugar de morte. "Mas talvez já seja tarde, agora já está decidido", pensou, estremecendo, em parte por causa daquele pensamento, em parte porque a água atravessara sua bota e molhara seus pés.

Volódia deu um suspiro profundo e afastou-se um pouco do irmão.

— Senhor! Será que eu serei morto, justamente eu? Senhor, tem piedade de mim! — disse ele num sussurro e persignou-se.

— Bem, vamos, Volódia — disse o irmão mais velho, quando a carrocinha entrou na ponte. — Viu a bomba?

Na ponte, vieram ao encontro dos irmãos umas carroças com feridos, com cestões, uma delas com móveis, que era conduzida por uma mulher. Já do outro lado, ninguém os deteve.

Mantendo-se instintivamente colados à mureta da bateria Nikoláievskaia, os irmãos, em silêncio, ouvindo com atenção os sons das bombas que já estouravam sobre suas cabeças e o rugido dos estilhaços que desabavam do alto, chegaram ao lugar da bateria em que ficava o ícone. Ali, ficaram sabendo que a quinta ligeira, para a qual Volódia fora designado, estava posicionada na Korabiélnaia, e decidiram, apesar do perigo, que ele iria pernoitar junto com o irmão mais velho no quinto bastião e, de lá, seguiria no dia seguinte para a bateria.

Depois de dobrar no corredor, caminhando por entre as pernas dos soldados adormecidos, que estavam deitados ao longo de todo o muro da bateria, eles finalmente chegaram ao posto de socorro.

XII

Ao entrar na primeira sala, equipada de leitos, sobre os quais estavam deitados os feridos, e impregnada com aquele pesado, repugnante e horrível cheiro de hospital, eles encontraram duas irmãs de caridade, que vieram em sua direção.

Uma delas, mulher de uns cinquenta anos, de olhos negros e expressão severa no rosto, levava ataduras e gaze e dava ordens a um jovem menino, um enfermeiro, que caminhava atrás dela; a outra, uma moça muito bonita, de uns vinte anos, o rostinho loiro, pálido e meigo, que olhava de um modo particularmente adorável e desamparado por debaixo da touquinha branca, as mãos no bolso do aventalzinho, caminhava ao lado da mais velha e, pelo visto, tinha medo de afastar-se dela.

Kozeltsov dirigiu-se a elas para perguntar se não sabiam onde estava Martsov, que ontem perdera a perna.

— Acho que é do regimento P., não é? — perguntou a mais velha. — Ele por acaso é seu parente?

— Não, é companheiro.

— Acompanhe-os — disse ela à jovem irmã, em francês —, por aqui — enquanto ela mesma se aproximava de um ferido junto com o enfermeiro.

— Vamos logo... o que está olhando?! — disse Kozeltsov a Volódia, que, erguendo as sobrancelhas com uma expressão sofredora, observava os feridos sem conseguir tirar os olhos. — Vamos logo.

Volódia foi com o irmão, mas ainda continuava a olhar ao redor e a repetir inconscientemente:

— Ai, meu Deus! Ai, meu Deus!

— Deve ter chegado há pouco tempo, não? — perguntou a irmã a Kozeltsov, apontando para Volódia, que, soltando ais e suspirando, ia atrás deles pelo corredor.

— Acabou de chegar.

A irmã bonita olhou para Volódia e de repente começou a chorar.

— Meu Deus, meu Deus! Quando é que tudo isso vai acabar? — disse ela, com desespero na voz.

Eles entraram na tenda dos oficiais. Martsov estava deitado de costas, com os braços nodosos, desnudos até os cotovelos, jogados por cima da cabeça e a expressão, em seu rosto amarelo, de alguém que cerra os dentes para não gritar de dor. A perna que estava inteira escapava de debaixo do cobertor, e era possível ver os dedos de seu pé tamborilando convulsivamente dentro da meia.

— E então, como está o senhor? — perguntou a irmã, levantando-lhe, com seus dedos fininhos e delicados, num dos quais Volódia notou um anel de ouro, a cabeça um pouco calva e arrumando o travesseiro. — Aqui estão seus companheiros, vieram visitá-lo.

— Evidentemente estou com dor — disse ele, com irritação. — Deixe, assim está bom — e os dedos dentro da meia moveram-se ainda mais depressa. — Olá! Como se chama? Desculpe — disse ele, dirigindo-se a Kozeltsov. — Ah, sim, perdão! Aqui você esquece tudo! — disse ele, quando o outro lhe disse seu sobrenome. — Nós moramos juntos — acrescentou ele, sem qualquer expressão de satisfação, olhando para Volódia com ar interrogativo.

— Este é o meu irmão, chegou hoje de Petersburgo.

— Hm! E eu aqui ganhei direito à *integral*[20] — disse ele, fazendo uma careta. — Ai, que dor!... Seria melhor que o fim viesse logo.

Ele ergueu a perna e, rosnando alguma coisa, cobriu o rosto com as mãos.

— É melhor deixá-lo — disse a irmã, sussurrando, com lágrimas nos olhos. — Ele está muito mal.

Ainda na banda Norte, os irmãos tinham decidido ir juntos até o quinto bastião; mas, depois de sair da bateria Nikoláievskaia, eles como que combinaram de não submeter-se a um perigo desnecessário e, sem nada dizer sobre o assunto, decidiram seguir separadamente.

— Mas como é que você vai encontrar, Volódia? — disse o mais velho. — Aliás, o Nikoláiev vai levá-lo à Korabiélnaia, e eu vou sozinho e amanhã encontro você.

[20] A pensão integral era destinada aos inválidos de guerra. (N. do T.)

Nada mais foi dito nessa última despedida entre os dois irmãos.

XIII

O trovoar dos canhões continuava com a mesma força, mas a rua Iekaterínskaia, pela qual Volódia caminhava seguido pelo silencioso Nikoláiev, estava deserta e tranquila. Nas trevas, ele só conseguia enxergar a rua ampla, com os muros brancos das casas grandes destruídos em muitos lugares, e a calçada de pedra pela qual ele caminhava; de quando em quando, encontravam soldados e oficiais. Passando pelo lado esquerdo da rua, próximo ao Almirantado, sob a luz de um fogo vivo que ardia atrás do muro, ele viu as acácias plantadas ao longo da calçada, com esteios verdes, e as pobres e empoeiradas folhas daquelas acácias. Ele ouvia com nitidez os próprios passos e os de Nikoláiev, que, respirando pesadamente, caminhava atrás dele. Não pensava em nada: a bonita irmã de misericórdia, a perna de Martsov, com os dedos se movendo dentro da meia, as trevas, as bombas e as diversas imagens de morte turbilhonavam confusamente em sua imaginação. Toda a sua alma jovem e impressionável confrangia-se e doía sob a influência da consciência da solidão e da indiferença generalizada por seu destino naquele momento de perigo. "Serei morto, torturado, sofrerei, e ninguém haverá de chorar." E tudo aquilo no lugar da vida de herói, plena de energia e de compaixão, com a qual ele tivera sonhos tão gloriosos. As bombas estouravam e assobiavam cada vez mais perto, Nikoláiev suspirava com mais e mais frequência e continuava sem romper o silêncio. Ao passar pela ponte que levava à Korabiélnaia, ele viu algo que, assobiando, voou para dentro da enseada, não muito longe dele, e iluminou por um segundo, com tons rubros, as ondas lilás, para depois desaparecer e erguer-se de lá, respingando.

— Eita, não rebentou! — disse Nikoláiev.

— Sim — respondeu ele, de maneira involuntária e inesperada para si mesmo, numa voz fininha e estridente.

Encontraram macas com feridos, outra vez carroças do regimento com cestões; encontraram um regimento na Korabiélnaia; uns cavaleiros passaram galopando. Um deles era um oficial com um cossaco. Ele vinha trotando, mas, ao ver Volódia, deteve o cavalo ao lado dele, olhou bem para seu rosto, deu as costas e galopou para longe, fustigando o cavalo com o chicote. "Sozinho, sozinho! Para todos, tanto faz se eu existo no mundo", pensou o menino e sentiu verdadeiramente vontade de chorar.

Depois de subir o monte, passando por um muro alto e branco, entrou numa rua com pequenas casinhas desmoronadas, iluminadas incessantemente pelas bombas. Uma mulher, bêbada e esfarrapada, saindo de uma cancela com um marinheiro, esbarrou nele.

— Porque, se ainda fosse um sujeito nobre — murmurou ela —, *pardon*, *vosselência* oficial!

O coração do pobre menino doía cada vez mais; e, no negro horizonte, os relâmpagos estouravam com frequência cada vez maior, as bombas assobiavam e estouravam perto dele com frequência cada vez maior. Nikoláiev suspirou e, de repente, começou a falar com uma voz que, pela impressão de Volódia, era assustada e contida:

— Que pressa toda foi essa de viajar da província. Viajar e viajar. E com essa pressa toda, justo para onde! Os senhores mais sabidos ficaram um tantinho feridos e foram morar no hospital; aí sim é bom, melhor não dá para ser.

— Que fazer se o meu irmão já está com saúde agora? — respondeu Volódia, na esperança de, com a conversa, ao menos espantar o sentimento que tomava conta dele.

— Com saúde! Onde é que está essa saúde dele, se está doente que só! Os que estão com saúde de verdade, e que são sabidos, estão morando no hospital numa hora dessas. E aqui tem muita alegria, por acaso? Se você não perde uma perna, perde um braço e pronto! A desgraça não demora a chegar! Ainda que aqui na cidade não é que nem no bastião, aí é um terror danado. Você vai andando e fazendo tudo quanto é reza. Eita que a danada vem e raspa em você! — acrescentou ele, prestando atenção no som de um estilhaço que passou zumbindo por perto. — E agora — prosseguiu Nikoláiev — ele deu ordem de acompanhar vossa senhoria. Nosso trabalho é esse aí, o que ordenam a gente tem que cumprir; mas aí largam a carroça com um soldadinho qualquer, e a trouxa está desamarrada... Pode ir, pode ir; mas se algum pertence sumir, quem responde é o Nikoláiev.

Depois de avançar mais alguns passos, deram na praça. Nikoláeiv calou-se e suspirou.

— Aí está a *antilharia* do senhor, vossa senhoria! — disse ele, de repente. — Pergunte para *o* sentinela: ele vai lhe mostrar.

E Volódia, depois de avançar alguns passos, deixou de ouvir atrás de si os sons dos suspiros de Nikoláiev.

Ele se sentiu de repente completa e definitivamente sozinho. Essa consciência da solidão no perigo — diante da morte, como lhe parecia — recaiu sobre seu coração como uma pedra horrivelmente pesada e fria. Ele parou no meio da praça, olhou ao redor, para verificar se ninguém podia vê-lo, agarrou a cabeça e, horrorizado, falou e pensou: "Senhor! Será que eu sou um covarde, um infame, vil e insignificante covarde? Será que não consigo morrer honestamente em nome da pátria, em nome do tsar, pelo qual eu, há pouco tempo, sonhava em morrer com todo o prazer? Não! Sou uma criatura infeliz e deplorável!". E Volódia, com um verdadeiro sentimento de desespero e de decepção consigo mesmo, perguntou à sentinela onde ficava a casa do comandante da bateria e foi na direção indicada.

XIV

A habitação do comandante da bateria, indicada pela sentinela, era uma pequena casinha de dois andares, com entrada por um pátio. Numa das janelas, tapada com papel, brilhava a fraca luz de uma vela. Um ordenança estava sentado no terraço, fumando cachimbo. Ele foi anunciar Volódia ao comandante da bateria e levou-o à sala. Na sala, entre duas janelas, debaixo de um espelho quebrado, havia uma mesa, coberta de papéis oficiais, algumas cadeiras e uma cama de ferro com roupa de cama limpa e um tapetinho ao lado dela.

Bem ao lado da porta, estava em pé um belo homem de grandes bigodes — um suboficial —, de terçado e capote, do qual pendiam uma cruz e uma medalha húngara.[21] No meio da sala, caminhava de um lado para outro um oficial-superior, de baixa estatura, uns quarenta anos, com uma bochecha inchada e enfaixada, usando um capote fino e velhinho.

— Tenho a honra de apresentar-me: sargento Kozeltsov-segundo, enviado à quinta ligeira. — Volódia falou a frase decorada ao entrar na sala.

O comandante da bateria respondeu secamente à saudação e, sem dar-lhe a mão, convidou-o a sentar-se.

Com ar tímido, Volódia deixou-se cair numa cadeira ao lado da escrivaninha e começou a revirar nos dedos uma te-

[21] Trata-se da Cruz de São Jorge, uma das condecorações do Império Russo à época. A medalha havia sido concedida a veteranos da campanha de 1848-49, quando tropas russas foram enviadas para auxiliar o imperador austríaco a reprimir a revolta dos húngaros. (N. do T.)

soura que lhe caíra nas mãos. O comandante da bateria, com as mãos atrás das costas e a cabeça baixa, olhando só de quando em quando para as mãos que faziam girar a tesoura, continuou a caminhar em silêncio pela sala, com ar de quem tenta lembrar-se de algo.

O comandante da bateria era um homenzinho bastante gordo, com uma grande calva no cocuruto, espessos bigodes, que cresciam em linha reta e cobriam a boca, e agradáveis olhos castanhos. Suas mãos eram belas, limpas e roliças, os pés eram muito afastados e pisavam com confiança e certa faceirice, o que demonstrava que o comandante da bateria não era um homem acanhado.

— Sim — disse ele, parando em frente ao suboficial —, a partir de amanhã será necessário acrescentar mais um *garnts*[22] a cada cavalo da artilharia, os nossos estão magros. O que você acha?

— Pois não, é possível acrescentar, vossa excelência! Agora a aveia ficou bem barata — respondeu o suboficial, movendo os dedos das mãos, que ele mantinha em posição de sentido mas que, visivelmente, adoravam ajudar na conversa com gestos. — E também o nosso forrageiro Franschuk enviou-me ontem um bilhete do comboio, vossa excelência, dizendo que precisaremos comprar eixos lá sem falta, diz que estão baratos. Quais são suas ordens?

— Comprar, ora: ele tem o dinheiro, afinal. — E o comandante da bateria novamente começou a caminhar pelo cômodo. — E onde estão as suas coisas? — perguntou ele de repente a Volódia, parando em frente a ele.

O pobre Volódia tinha sido a tal ponto dominado pelo pensamento de que era um covarde, que, em cada olhar, em cada palavra, encontrava desprezo por si próprio, covarde

[22] Antiga unidade de medida russa, equivalente a 3,28 litros. (N. do T.)

lastimável que era. Pareceu-lhe que o comandante da bateria já havia decifrado seu segredo e caçoava dele. Desorientado, respondeu que suas coisas estavam na Gráfskaia e que o irmão prometera levá-las para ele no dia seguinte.

Mas o tenente-coronel não terminou de ouvi-lo e, dirigindo-se ao suboficial, perguntou:

— Onde é que podemos alojar o sargento?

— O sargento, senhor? — disse o suboficial, desorientando Volódia ainda mais com um rápido olhar lançado em sua direção, que parecia expressar a pergunta: "Mas que sargento é esse, e por acaso vale a pena alojá-lo em algum lugar?". — Pois lá embaixo, vossa excelência, podem alocar sua senhoria no quarto do subcapitão — continuou ele, depois de pensar um pouco. — Agora o subcapitão está no bastião, então o leito dele ficou vazio.

— Pois bem, serve por ora, senhor? — disse o comandante da bateria. — Creio que o senhor esteja cansado, mas amanhã arranjaremos algo melhor.

Volódia levantou-se e curvou-se em reverência.

— Não deseja um pouco de chá? — disse o comandante da bateria quando Volódia já se aproximava da porta. — Dá para esquentar o samovar.

Volódia curvou-se e saiu. O ordenança do coronel levou-o para baixo e conduziu-o para dentro de um quarto pobre e sujo, no qual se amontoavam trastes diversos e havia uma cama de ferro sem lençóis ou cobertor. Sobre a cama, coberto com um grosso capote, dormia alguém de camisa rosa.

Volódia tomou-o por um soldado.

— Piotr Nikoláitch! — disse o ordenança, cutucando o ombro do que dormia. — Um sargento vai deitar aqui... Esse é o nosso cadete — acrescentou ele, dirigindo-se ao sargento.

— Ah, não se incomode, por favor! — disse Volódia; mas o cadete, homem jovem, alto e corpulento, com uma fisionomia bela mas bem estúpida, levantou-se da cama, pôs o capote e, visivelmente ainda sem acordar direito, saiu do quarto.

— Não tem problema, eu me deito no pátio — murmurou.

XV

Ao ficar sozinho com seus pensamentos, a primeira sensação de Volódia foi de repulsa por aquela condição desordenada e desoladora em que se encontrava sua alma. Queria pegar no sono e esquecer-se de tudo que o rodeava e, acima de tudo, de si mesmo. Ele apagou a vela, deitou-se na cama e, despindo-se do capote, cobriu com ele a cabeça, para livrar-se do medo do escuro que o acometia desde a infância. Mas, de repente, veio-lhe o pensamento de que uma bomba cairia ali, atravessaria o telhado e o mataria. Pôs-se a ouvir com atenção; bem em cima da cabeça dele, ouviam-se os passos do comandante da bateria.

"Aliás, se cair mesmo", pensou ele, "vai matar antes quem estiver lá em cima, e depois a mim; pelo menos não serei só eu." Aquele pensamento tranquilizou-o um pouco; ele já ia começando a pegar no sono. "Mas e se, de repente, de madrugada, os franceses tomam Sebastopol e irrompem aqui? Com o que é que vou me defender?" Ele se levantou de novo e passeou pelo quarto. O medo do perigo real esmagou o misterioso medo das trevas. Com exceção de uma sela e um samovar, no quarto não havia nenhum corpo sólido. "Sou um canalha, sou um covarde, um covarde abjeto!", de repente pensou ele e outra vez passou à árdua sensação de desprezo, até de repulsa por si próprio. Novamente deitou-se e tentou não pensar. Então, as impressões do dia surgiram involuntariamente em sua imaginação mediante os sons ininterruptos dos bombardeios, que faziam tremer os vidros na única janela dali, e novamente o relembraram do perigo: ora enxergava o sangue e os feridos, ora as bombas e os estilhaços, que voavam para dentro do quarto, ora a bonita irmã de misericórdia, que fazia nele, moribundo, uma ligadura e que chorava por ele, ora sua mãe, despedindo-se dele na capital do distrito e rezando com ardor e lágrimas diante do ícone milagroso — e novamente o sono parecia-lhe impossível. Mas, de repente, o pensamento em Deus Todo-Poderoso, que podia fazer tudo e ouvir qualquer oração, veio-lhe à mente com nitidez. Ficou de joelhos, benzeu-se e juntou as mãos, como o haviam ensinado a rezar ainda na infância. Aquele gesto de repente trouxe-lhe uma sensação consoladora, há muito esquecida.

"Se é necessário que eu morra, se é necessário que eu deixe de existir, faz isso, Senhor", pensou ele, "faz isso sem demora; mas, se é necessária a valentia, se é necessária a firmeza, as quais eu não tenho, concede-as a mim, livra-me da vergonha e da desonra, que eu não posso suportar, mas ensina o que devo fazer para cumprir a Tua vontade."

A alma, infantil, amedrontada e limitada, de repente fez-se viril, iluminada, e viu novos, amplos e luminosos horizontes. Ele ainda pensou e sentiu muita coisa naquele breve momento em que durou esse sentimento, mas logo pegou no sono, de maneira tranquila e despreocupada, debaixo dos sons do bombardeio, que continuavam a ressoar, e do tremor dos vidros.

Grandioso Deus! Somente Tu ouviste e conheces aquelas simples, porém ardentes e desesperadas preces de ignorância, de arrependimento conturbado e de sofrimento, que se ergueram a Ti deste terrível lugar de morte, desde o general, que, um segundo antes, pensava no café da manhã e na Ordem de São Jorge em seu peito, mas que, com temor, pressentia Tua proximidade, até o soldado exaurido, que, estirado no chão nu da bateria Nikoláievskaia, pedia-Te que lhe desse o quanto antes, Lá, a recompensa, inconscientemente pressentida, por todos os imerecidos sofrimentos!...

XVI

O Kozeltsov mais velho, tendo encontrado na rua um soldado de seu regimento, partiu junto com ele diretamente para o quinto bastião.

— Fique debaixo da mureta, vossa senhoria! — disse o soldado.

— Mas por quê?

— É perigoso, vossa senhoria; olhe aí uma passando — disse o soldado, enquanto ouvia com atenção o som de uma bala de canhão que sibilou e chocou-se contra a seca estrada do outro lado da rua.

Sem ouvir o soldado, Kozeltsov pôs-se a caminhar com ânimo pelo meio da rua.

Eram as mesmíssimas ruas, eram os mesmos — até mais frequentes — fogos, sons, gemidos, encontros com feridos, e eram as mesmas baterias, os mesmos parapeitos e trincheiras da primavera, quando ele estivera em Sebastopol; mas agora tudo aquilo, por alguma razão, estava mais triste e, ao mesmo tempo, mais cheio de energia — havia mais rombos nas casas, não havia mais nenhuma luz nas janelas, à exceção da casa Kúschin (o hospital), não se encontrava uma mulher sequer; sobre todas as coisas, jazia não aquele caráter de antes, habitual e despreocupado, mas uma marca de expectativa grave, de cansaço e de tensão.

Porém lá estava a última trincheira, lá estava a voz de um pracinha do regimento P., que reconheceu seu antigo comandante de companhia, lá estava o terceiro batalhão, no escuro, recostado à mureta, de quando em quando iluminado, por um instante, pelos disparos, e perceptível graças ao som das vozes contidas e do tilintar dos fuzis.

— Onde está o comandante do regimento? — perguntou Kozeltsov.

— No abrigo subterrâneo do pessoal da Marinha, vossa senhoria! — respondeu o prestativo pracinha. — Permita que eu o leve até lá, senhor.

De trincheira em trincheira, o soldado conduziu Kozeltsov a um pequeno fosso nas trincheiras. No fosso estava sentado um marinheiro, fumando cachimbo; atrás dele via-se uma porta, e por uma fresta dela passava luz.

— Posso entrar?

— Já vou anunciar — e o marinheiro entrou pela porta.

Duas vozes falavam atrás da porta.

— Se a Prússia mantiver a neutralidade — falou uma das vozes —, a Áustria também...

— Mas que Áustria — falou a outra —, se as terras eslavas... Bem, peça que entre.

Kozeltsov nunca estivera naquele abrigo subterrâneo. Ficou impressionado com sua elegância. O assoalho era de parquete, pequenos biombos cobriam a porta. Havia duas camas contra as paredes, num canto estava pendurado um grande ícone da Mãe de Deus, de moldura dourada, e, diante dele, ardia uma lamparina rosada. Numa das camas, dormia um marinheiro, totalmente vestido, e, na outra, em frente à mesa sobre a qual havia duas garrafas de vinho começadas, estavam sentados aqueles que conversavam — o novo comandante do regimento e um ajudante de ordens. Embora Kozeltsov nem de longe fosse um covarde e não tivesse rigorosamente nenhuma culpa nem perante o governo, nem perante o comandante do regimento, ele se acanhou, e seus joelhos tremeram ao ver o coronel, que pouco tempo antes havia sido seu colega, tamanha foi a altivez com que este levantou-se e o escutou. Ademais, também o ajudante de ordens, sentado ali mesmo, desconcertava com sua pose e seu olhar, que diziam: "Sou só amigo de seu comandante de regimento, não é a mim que o senhor se apresenta, e eu não posso e não quero exigir do senhor qualquer deferência".

"É estranho", pensou Kozeltsov, olhando para seu comandante, "faz só sete semanas que ele assumiu o regimento, e em tudo o que o rodeia, em sua roupa, em sua postura, em seu olhar, enxerga-se o poder de um comandante de regimento, esse poder baseado não tanto na idade, no tempo de serviço e na honra militar, quanto na riqueza de um comandante de regimento. Não faz muito tempo", pensou ele, "que esse mesmo Batríschev farreava conosco, vestia a mesma camisa lisa de chita semana após semana e comia, sem nunca convidar ninguém, seus eternos pastéizinhos e bolinhos de carne; mas agora! a camisa holandesa até sai para fora da sobrecasaca de lã grossa e mangas largas. Um charuto de dez rublos na mão, na mesa um Lafite de seis — tudo isso comprado a preços extraordinários por meio do quartel-mestre em Simferopol; e, nos olhos, aquela expressão de fria altivez dos ricos aristocratas, que lhe diz: embora eu seja seu colega, porque sou um comandante de regimento da nova escola, não se esqueça de que você tem sessenta rublos de ordenado ao quadrimestre, enquanto pelas minhas mãos passam dezenas de milhares, e creia que eu sei que você estaria disposto a dar metade de sua vida só para estar no meu lugar."

— O senhor ficou um tempão em tratamento — disse o coronel a Kozeltsov, olhando para ele com frieza.

— Estive doente, coronel! Até agora a ferida não fechou direito.

— Então o senhor veio à toa — disse o coronel, lançando um olhar desconfiado para a corpulenta figura do oficial. — Mas o senhor está em condições de cumprir a sua função?

— Claro, estou, sim, senhor.

— Pois fico muito contente. Então o senhor assumirá a nona companhia, a sua antiga, que está com o sargento Záitsev; o senhor receberá a ordem imediatamente.

— Sim, senhor.

— Quando sair, o senhor faça o favor de mandar chamar aqui o ajudante de ordens do regimento — concluiu o comandante do regimento, dando a entender, com uma leve reverência, que a audiência estava encerrada.

Ao sair do abrigo subterrâneo, Kozeltsov rosnou alguma coisa e agitou os ombros diversas vezes, como se algo o tivesse deixado com dor, desajeitado ou aborrecido, e aborrecido não com o comandante do regimento (não havia por quê), mas estava como que insatisfeito consigo mesmo e com tudo que o rodeava.

A disciplina — e seu requisito, a subordinação — só é agradável, como quaisquer relações normatizadas, quando, além do reconhecimento mútuo de sua necessidade, ela se baseia também numa supremacia, reconhecida pela parte inferior, em termos de experiência, mérito militar ou até, simplesmente, perfeição moral; mas, em compensação, tão logo a disciplina baseia-se, como acontece frequentemente entre nós, na casualidade e no princípio financeiro, ela sempre se transforma, de um lado, em ostentação e, do outro, em inveja e irritação ocultas, e, no lugar de uma proveitosa influência para a unificação da massa num todo, provoca o efeito totalmente oposto. O homem que não sente em si a força para infundir respeito pelo mérito interno teme instintivamente aproximar-se dos subordinados e tenta afastar de si as críticas com expressões exteriores de importância. Os subordinados, ao ver só o exterior, que lhes é ofensivo, já não presumem nele, no mais das vezes de maneira injusta, nada de bom.

XVII

Kozeltsov, antes de ir ao encontro de seus oficiais, foi saudar a companhia e ver onde ela estava estacionada. Os parapeitos com cestões, as silhuetas das trincheiras, os canhões pelos quais ele passava, até os estilhaços, as bombas com que ele topava pelo caminho — tudo aquilo, iluminado incessantemente pelos clarões dos disparos, era-lhe bem conhecido; tudo aquilo ficara vivamente gravado em sua memória três meses antes, ao longo das duas semanas que ele passara naquele mesmo bastião, sem sair. Embora houvesse muitas coisas horríveis naquela recordação, certo fascínio pelo passado misturou-se a elas, e ele reconheceu com satisfação, como se tivessem sido agradáveis as duas semanas passadas ali, os lugares e objetos familiares. A companhia estava disposta ao longo da mureta defensiva junto ao sexto bastião.

Kozeltsov entrou no longo abrigo subterrâneo, completamente aberto do lado da entrada, no qual, pelo que lhe haviam dito, estava estacionada a nona companhia. Ali não havia literalmente onde pôr o pé, a tal ponto estava repleto de soldados, desde a entrada. De um lado, era iluminado por uma velinha de sebo torta que um pracinha segurava, deitado. Outro pracinha, escandindo as sílabas, lia um livrinho, segurando-o bem perto da vela. Na penumbra fétida do abrigo subterrâneo, viam-se cabeças erguidas, escutando avidamente o leitor. O livro era uma cartilha de alfabetização. Ao entrar no abrigo subterrâneo, Kozeltsov ouviu o seguinte:

"O-ra-ção após o es-tu-do. A-gra-deço ao Cri-a-dor..."[23]

— Tire de perto da vela! — disse uma voz. — Livro excelente.

"Meu... Deus...", prosseguiu o leitor.

[23] Era comum, nas cartilhas de alfabetização do século XIX, a presença de uma oração para ser feita após o estudo. (N. do T.)

Quando Kozeltsov perguntou pelo suboficial, o leitor se calou, os soldados começaram a se remexer, a tossir, a assoar o nariz, como sempre acontece depois de um silêncio contido. O suboficial, abotoando-se, levantou-se próximo ao grupo do leitor e, caminhando em meio aos pés e pisando naqueles que não tinham onde se enfiar, saiu em direção ao oficial.

— Olá, amigo! Então, essa é toda a nossa companhia?

— Saudações, senhor! Seja bem-vindo, vossa senhoria! — respondeu o suboficial, olhando para Kozeltsov com ar alegre e amistoso. — Recuperou a saúde, então, vossa senhoria? Graças a Deus. E nós aqui sentimos falta do senhor.

Via-se agora que, na companhia, todos gostavam de Kozeltsov. No fundo do abrigo subterrâneo, ouviram-se vozes: "O velho comandante da companhia chegou, o que foi ferido, Mikhail Semiónytch Kozeltsov" etc.; alguns até se aproximaram dele, o tamborileiro cumprimentou-o.

— Olá, Obantchuk! — disse Kozeltsov. — Ileso? Salve, rapazes! — disse ele depois, erguendo a voz.

— Saudações, senhor! — retumbou no abrigo subterrâneo.

— Como estão, rapazes?

— Mal, vossa senhoria; os franceses estão vencendo — atiram para valer dos fortins, até cansar! Mas para o campo aberto eles não saem.

— Talvez, por sorte minha, Deus permita, e aí eles vão sair para o campo aberto, rapazes! — disse Kozeltsov. — Não é a primeira vez, para mim ou para vocês: vamos derrubá-los de novo.

— Às suas ordens, vossa senhoria! — disseram algumas vozes.

— Ora, ele é mesmo corajosos, sua senhoria é corajoso que só ele! — disse o tamborileiro, não muito alto, mas de maneira a ser ouvido, dirigindo-se a outro soldado, como que justificando-se diante dele pelas palavras do comandante da companhia e garantindo-lhe que, naquelas palavras, não havia nada de inverossímil e jactancioso.

Da companhia dos pracinhas, Kozeltsov passou para a caserna defensiva, para junto de seus companheiros oficiais.

XVIII

No grande cômodo da caserna havia um monte de gente: oficiais da Marinha, da artilharia e da infantaria. Uns dormiam, outros conversavam, sentados numa espécie de baú e na carreta de um canhão da fortificação; outros ainda, que formavam o maior e mais ruidoso grupo, estavam sentados no chão, atrás de uma arcada, sobre duas *burkas*[24] estendidas, tomando pórter e jogando cartas.

— Ah, Kozeltsov, Kozeltsov! Que bom que você voltou, bravo!... E a ferida? — ouviu-se de várias partes. Ali também se via que o amavam e que estavam felizes por sua volta.

Depois de apertar a mão dos conhecidos, Kozeltsov uniu-se ao ruidoso grupo dos oficiais que jogavam cartas, entre os quais havia mais camaradas seus. Um moreno bonito e magricela, com um nariz comprido e descarnado e grandes bigodes que vinham desde as bochechas, carteava a banca[25] com dedos brancos e descarnados, num dos quais havia um grande anel de ouro com um brasão. Ele carteava depressa e de maneira desorganizada, visivelmente perturbado com al-

[24] Trata-se aqui de uma capa masculina proveniente do Cáucaso e utilizada também na Rússia. (N. do T.)

[25] Em diversos jogos de azar populares na Rússia do século XIX, "cartear a banca" significava pagar a soma perdida de acordo com a carta que saía à direita do jogador e coletar o que fora ganho à esquerda. (N. do T.)

guma coisa e só desejando parecer desleixado. Ao seu lado, à direita, estava deitado um major grisalho, apoiado nos cotovelos, que já bebera bastante e, com afetado sangue-frio, apostava moedinhas de cinquenta copeques contra a banca e pagava imediatamente. À sua esquerda, de cócoras, estava um oficialzinho todo vermelho, de rosto suado, que sorria de maneira fingida e gracejava quando suas cartas eram batidas; ele sacudia sem parar uma mão dentro do bolso vazio de suas calças largas e apostava paradas altas, mas visivelmente já sem ter dinheiro em mãos, e era justamente isso que atordoava o moreno bonito. Pelo cômodo, segurando nas mãos um grande maço de cédulas bancárias, caminhava um oficial calvo, com uma boca enorme e feroz, sem bigode, magro e pálido, que apostava o tempo todo dinheiro vivo *va banque*[26] e ganhava.

Kozeltsov bebeu um pouco de vodca e sentou-se com os que jogavam.

— Aposte aí contra a banca, Mikhail Semiónytch! — disse-lhe o banqueiro. — Imagino que tenha trazido um montão de dinheiro.

— Como é que eu teria dinheiro? Pelo contrário, gastei na cidade o último que tinha.

— Como assim? Na certa surraram alguém em Simferopol.

— É mesmo, tenho pouco — disse Kozeltsov, mas, visivelmente sem desejar que acreditassem nele, desabotoou-se e pegou nas mãos as velhas cartas.

— Tentar alguma coisa, com mil diabos! Às vezes até uma mosquinha consegue fazer das suas, vocês sabem. Só preciso beber para despertar a valentia.

[26] Aposta de toda a soma possuída por determinado jogador, que deve ser coberta pelos demais jogadores. (N. do T.)

E, em pouco tempo, depois de beber três tacinhas de vodca e alguns copos de pórter, ele já estava exatamente com o mesmo humor de toda a companhia, ou seja, dentro de uma névoa e em esquecimento da realidade, e havia perdido os últimos três rublos.

Para o pequeno oficial suado já tinham anotado 150 rublos.

— Não, não vai levar — disse ele, preparando com ar negligente uma nova carta.

— Faça o favor de pagar — disse-lhe o banqueiro, parando por um momento de cartear e olhando para ele.

— Deixe-me pagar amanhã — respondeu o oficial suado, levantando-se e remexendo com força redobrada a mão no bolso vazio.

— Hm! — rosnou o banqueiro e, jogando raivosamente as cartas à direita e à esquerda, concluiu a talha. — Mas é que assim não dá — disse ele, depois de tornar a pôr as cartas —, dou um basta. Assim não dá, Zakhar Iványtch — acrescentou ele —, nós jogamos com dinheiro na mão, não fiado.

— Como assim, por acaso duvidam de mim? Isso é mesmo estranho!

— De quem é que você está pedindo para receber? — murmurou o major, que a essa altura já ficara muito embriagado e ganhara uns oito rublos. — Já entreguei mais de vinte rublos, mas ganho e não recebo nada.

— E como é que eu vou pagar — disse o banqueiro — se não tem dinheiro na mesa?

— Não quero saber! — gritou o major, levantando-se. — Estou jogando com os senhores, com gente honesta, não com esses aí.

O oficial suado de repente inflamou-se:

— Estou dizendo que vou pagar amanhã: como é que o senhor ousa me dizer essa insolência?

— Eu digo o que eu quiser! Gente honesta não age assim, é isso! — gritou o major.

— Chega, Fiódor Fiódorytch! — todos começaram a dizer, contendo o major.

Mas o major, pelo visto, estava só esperando que lhe pedissem que se acalmasse para enfurecer-se definitivamente. De repente, ele deu um salto e, cambaleando, foi em direção ao oficial suado.

— Estou dizendo uma insolência? Eu, que sou mais velho que você, vinte anos servindo o meu tsar... uma insolência? Ah, seu moleque! — de repente choramingou ele, cada vez mais entusiasmado com o som da própria voz. — Canalha!

Mas abaixemos depressa as cortinas diante dessa cena profundamente triste. Amanhã, talvez hoje mesmo, cada uma dessas pessoas irá, alegre e altiva, ao encontro da morte, e morrerá com firmeza e tranquilidade; mas o único prazer da vida, nessas condições, que deixam horrorizada a mais fria das imaginações, pela ausência de qualquer humanidade e pela falta de esperança de sair delas, o único prazer é o esquecimento, a aniquilação da consciência. No fundo da alma de cada um jaz aquela nobre faísca que fará dele um herói; mas essa faísca se cansa de brilhar fortemente — quando vier o momento fatídico, ela se incendiará como uma chama e iluminará feitos grandiosos.

XIX

No dia seguinte, o bombardeio continuou com a mesma força. Pelas onze horas da manhã, Volódia Kozeltsov estava sentado no círculo de oficiais do batalhão e, tendo já conseguido acostumar-se um pouco com eles, examinava os rostos novos, observava, perguntava e contava. A conversa dos oficiais da artilharia, modesta, com certas pretensões de erudição, agradava-o e lhe inspirava respeito. Já a aparência de Volódia, recatada, inocente e bela, despertava a simpatia dos oficiais. O oficial-superior da bateria, capitão, homem não muito alto e meio ruivo, de topetinho e têmporas lisinhas, educado de acordo com as velhas tradições da artilharia, um cavalheiro para as damas e supostamente um erudito, interrogava Volódia acerca de seus conhecimentos de artilharia, das novas invenções, zombando carinhosamente de sua juventude e de seu rostinho bonito e, no mais, tratando-o como um pai a um filho, o que era muito agradável a Volódia. O subtenente Diadienko, oficial jovem que falava com sotaque de *khokhol*,[27] vestia um capote esfarrapado e tinha os cabelos eriçados, e embora falasse muito alto, e aproveitasse incessantemente qualquer ocasião para discutir sobre alguma coisa em tom bilioso, e tivesse movimentos bruscos, de todo modo agradou a Volódia, que não podia deixar de ver, debaixo daquela aparência grosseira, uma pessoa formidável e extremamente bondosa. Diadienko oferecia incessantemente a Volódia seus serviços e tentava demonstrar-lhe que todas as peças de Sebastopol tinham sido colocadas em desacordo com as regras. O tenente Tchernovítski, com as sobrancelhas muito erguidas, mesmo sendo mais cortês que todos e envergando uma sobrecasaca bastante limpa, que embora não fosse nova estava cuidadosamente remendada, e mesmo deixando à mostra uma correntinha de ouro sobre o colete de cetim, não agradou a Volódia. Ele não parava de indagar o que o soberano e o ministro da Guerra estavam fazendo, e de contar-lhe, com um encantamento afetado, os feitos de bravura realizados em Sebastopol, e de lamentar-se de como

[27] No original *khokhlátski*, literalmente "de topete", adjetivo derivado de *khokhol*, "topete". Trata-se de termo depreciativo empregado pelos russos para designar os ucranianos. (N. do T.)

se encontrava pouco patriotismo, de como eram dadas ordens impensadas etc. No geral, ele demonstrava muito conhecimento, inteligência e sentimentos nobres; mas, por alguma razão, a Volódia tudo aquilo parecia decorado e pouco natural. Acima de tudo, ele percebeu que os demais oficiais quase não falavam com Tchernovítski. O cadete Vlang, que ele acordara no dia anterior, também estava ali. Ele não dizia nada, mas, sentado com ar modesto num cantinho, ria quando havia algo engraçado, relembrava quando esqueciam alguma coisa, servia vodca e enrolava cigarros para todos os oficiais. Foi Volódia quem cativou "Vlanga" — como os soldados o chamavam, por alguma razão declinando seu sobrenome no feminino —, quer seja por suas maneiras modestas e corteses, tratando-o do mesmo modo como tratava os oficiais, e não dando-lhe ordens como a um menininho, quer seja por sua aparência agradável, e Vlang não tirava seus olhos grandes e bondosos do rosto do novo oficial, adivinhava e antecipava todos os seus desejos e ficava o tempo todo numa espécie de êxtase afetuoso, o que, evidentemente, os oficiais perceberam e ridicularizaram.

Antes do almoço, o subcapitão foi rendido do bastião e uniu-se à companhia. O subcapitão Kraut era um oficial loiro, bonito e desenvolto, com grandes suíças e bigodes ruivos; seu russo era excelente, mas falado de maneira correta e bela demais para um russo. No serviço e na vida, era como na língua: servia magnificamente, era um excelente camarada, a pessoa mais leal em matéria de dinheiro; porém, como mero ser humano, justamente pelo fato de que tudo nele era bom demais, algo faltava. Como todos os alemães russos, num estranho contraste com os alemães ideais da Alemanha, ele era prático em altíssimo grau.

— Aí está ele, nosso herói apareceu! — disse o capitão no momento em que Kraut, agitando os braços e tilintando as esporas, entrou no cômodo. — O que quer, Friedrich Krestiánytch: chá ou vodca?

— Já dei ordem de me servirem chá — respondeu ele —, mas por enquanto dá para virar uma vodcazinha, para deleite da alma. Muito prazer em conhecê-lo; conto com seu afeto e sua mercê — disse ele a Volódia, que, depois de levantar-se, fez-lhe uma reverência —, subcapitão Kraut... O suboficial de artilharia me dizia no bastião que o senhor chegou ainda ontem.

— Sou-lhe muito grato por sua cama: pernoitei nela.

— Mas será que se mostrou confortável para o senhor? Uma perna está quebrada; e não tem ninguém para consertar nada nesse estado de sítio; tenho que pôr algo embaixo dela.

— E então, foi bem no seu turno? — perguntou Diadienko.

— Nada mal, só que sobrou para o Skvortsov, e "deram um jeito" numa carreta de artilharia ontem. Fizeram a falca em mil pedaços.

Ele se levantou de seu lugar e começou a caminhar; via-se que se encontrava inteiramente sob influência daquela agradável sensação de ter acabado de escapar do perigo.

— Então, Dmitri Gavrílovitch — disse ele, sacudindo os joelhos do capitão —, como vai, meu caro? E a sua promoção, nada ainda?

— Ainda não tem nada.

— E nem vai ter — começou Diadienko —, já lhe atestei isso antes.

— E por que é que não vai ter?

— Porque o relatório não foi escrito do jeito certo.

— Ah, seu questionador, seu questionador! — disse Kraut, sorrindo alegremente. — Um verdadeiro *khokhol* obstinado! Bem, só para contrariar o senhor, vai acabar virando tenente.

— Não, não vai virar.

— Vlang, traga cá o meu cachimbo e encha-o — disse ele, dirigindo-se ao cadete, que no mesmo momento saiu correndo de bom grado para buscar o cachimbo.

Kraut devolveu o ânimo a todos: contou dos bombardeios, indagou o que tinha sido feito na sua ausência, travou conversa com cada um deles.

XX

— Mas então? Já se instalou aqui conosco? — perguntou Kraut a Volódia. — Perdão, como é seu nome e patronímico? Sabe, é que nós temos esse costume aqui na artilharia. O senhor adquiriu um cavalinho de sela?

— Não — disse Volódia —, não sei como fazer. Eu disse ao capitão: não tenho cavalo, e também não tenho dinheiro, até receber a forragem e o abono de mobilização. Eu queria por enquanto pedir um cavalo para o comandante da bateria, mas tenho medo de que vá recusar.

— Apollon Serguéitch? — e proferiu, com os lábios, um som que expressava forte dúvida, e olhou para o capitão. — Duvido!

— Ora, não faz mal se recusar — disse o capitão —, aqui, para falar a verdade, nem precisa de cavalo, mas dá para tentar qualquer coisa, vou perguntar hoje.

— Mas você não o conhece — intrometeu-se Diadienko —, outras coisas ele pode recusar, mas para ele, de jeito nenhum... Quer apostar?...

— Pois todo mundo sabe que você discorda de tudo.

— Discordo porque sei: para outras coisas ele é sovina, mas um cavalo ele vai dar, porque não leva vantagem em recusar.

— Como não leva vantagem, se aqui ele gasta oito rublos de aveia com cada um?! — disse Kraut. — Vantagem ele tem em não manter um cavalo a mais.

— O senhor peça pelo Estorninho, Vladímir Semiónytch — disse Vlang, que voltara com o cachimbo de Kraut —, é um cavalinho excelente!

— Aquele com que você caiu numa vala em Soróki? Hein, Vlanga? — riu-se o subcapitão.

— Não, mas o que está dizendo, oito rublos de aveia — Diadienko continuou a discutir —, sendo que no relatório dele são dez rublos e cinquenta para cada; é claro que não leva vantagem.

— E até parece que não sobraria nada para ele! Na certa se o senhor for comandante de bateria, não vai deixar um cavalo entrar na cidade!

— Quando eu for comandante de bateria, meu querido, cada cavalo vai comer quatro *garnts*; não vou ficar com o lucro, não tenha medo.

— Quem viver, verá — disse o subcapitão. — O senhor também agadanharia o lucro, e até ele, quando comandar uma bateria, também embolsará a diferença — acrescentou ele, apontando para Volódia.

— Por que é que o senhor pensa que ele também quereria tirar proveito? — intrometeu-se Tchernovítski. — Ele pode ter bens, então por que inventaria de tirar proveito?

— Não, senhor, é que eu... O senhor me desculpe, capitão — disse Volódia, enrubescendo até as orelhas —, é que eu considero isso ignóbil.

— He-he-he! Que danado ele é! — disse Kraut. — Quando chegar a capitão, vai dizer outra coisa.

— Mas isso tanto faz; só acho que, se o dinheiro não é meu, não posso pegá-lo.

— Pois eu lhe digo o seguinte, jovem — começou o subcapitão, em tom mais sério. — O senhor talvez saiba que, quando comanda um batalhão, se conduzir bem as coisas, certamente hão de lhe sobrar, em tempos de paz, quinhentos rublos; e em tempos de guerra, uns sete, oito mil, e isso só dos cavalos. O comandante de bateria não se intromete nas provisões dos soldados; e é assim na artilharia desde sempre. Se for mau administrador, não lhe sobrará nada. Agora, você tem que gastar, contra o regulamento: um (ele dobrou um dedo), na ferração; dois (ele dobrou outro dedo), na farmácia; três, na chancelaria; quatro, pagam quinhentos rublos por cada cavalo auxiliar, sendo que o valor da manutenção, meu querido, é de cinquenta, e é exigido. O senhor deve, contra o regulamento, trocar as golas dos soldados, gastar mais do que devia em carvão, botar a mesa para os oficiais. Se for comandante de bateria, tem que viver de maneira decente: precisa de uma carruagem, e de um casaco de pele, e de tudo quanto é coisa, e disso, e daquilo, e de mais aquilo... falar o que mais?

— Mas o mais importante — emendou o capitão, que tinha ficado o tempo todo em silêncio — é o seguinte, Vladímir Semiónytch: imagine o senhor que um homem como eu, por exemplo, serve durante vinte anos, primeiro com duzentos, e depois com trezentos rublos de ordenado, em constante privação; como não lhe dar, ao menos pelo serviço prestado, um pedaço de pão para a velhice, sendo que um comissário lucra dezenas de milhares por semana?

— Ah! e tem mais essa! — de novo começou o subcapitão. — O senhor não se apresse em julgar, só viva um pouquinho e vá servindo.

Volódia sentiu terrível vergonha e pudor por ter dito aquilo de maneira tão irrefletida. Murmurou alguma coisa e, em silêncio, continuou a ouvir Diadienko, que argumentava com grandíssimo entusiasmo tentando provar o contrário.

A discussão foi interrompida pela chegada do ordenança do coronel, que chamava para a refeição.

— E hoje o senhor diga a Apollon Serguéitch para pôr o vinho — disse Tchernovítski ao capitão enquanto se abotoava. — E por que é que está sendo mesquinho? Se for morto, aí não sobra para ninguém!

— Pois diga o senhor mesmo — respondeu o capitão.

— Ora, não, o senhor é o oficial-superior: é preciso manter a ordem em tudo.

XXI

Naquele mesmo cômodo em que Volódia se apresentara ao coronel no dia anterior, a mesa estava afastada da parede e coberta com uma toalha suja. O comandante da bateria agora estendia-lhe a mão e perguntava de Petersburgo e da estrada.

— Pois bem, senhores, quem bebe vodca, seja bem-vindo. Sargentos não bebem — acrescentou ele, sorrindo para Volódia.

No geral, o comandante de bateria de modo algum parecia tão severo como no dia anterior; pelo contrário, tinha o aspecto de um anfitrião bondoso e hospitaleiro e de um companheiro mais velho entre os oficiais. Mas, apesar disso, todos os oficiais, do velho capitão ao questionador Diadienko, só pela maneira como falavam, olhando cordialmente nos olhos do comandante, e, pelo ar tímido com que se aproximavam, um atrás do outro, para tomar vodca, demonstravam-lhe grande respeito.

O almoço era composto de uma grande tigela de *schi*, na qual boiavam pedaços gordurosos de carne bovina e uma enorme quantidade de pimenta e folhas de louro, *zrazy* poloneses com mostarda e *kolduní* com manteiga não totalmente fresca.[28] Não havia guardanapos, as colheres eram de lata

[28] *Schi* é a tradicional sopa russa à base de repolho, já mencionada. *Zrazy* são rolinhos de carne com recheio de mostarda e outros condimen-

e de madeira, copos eram dois, e, sobre a mesa, havia só uma garrafa cinza de água com o gargalo quebrado; mas o almoço não foi enfadonho, e a conversa não cessou. Primeiro falou-se da batalha de Inkerman, de que a bateria participara, e cada um contou suas impressões e considerações sobre os motivos do fracasso, calando-se quando o próprio comandante da bateria começava a falar; depois, a conversa naturalmente passou para a insuficiência de calibre das peças leves, para os novos e aligeirados canhões, no que Volódia conseguiu demonstrar seus conhecimentos de artilharia. Mas a conversa não se deteve na horrível situação atual de Sebastopol, como se cada um já pensasse demais naquele assunto para continuar falando dele. Das tarefas que deveriam ser executadas por Volódia, para sua surpresa e desgosto, tampouco se falou uma palavra, como se ele tivesse vindo a Sebastopol só para contar das peças aligeiradas e para almoçar com o comandante. Durante o almoço, não muito longe da casa em que estavam, caiu uma bomba. O chão e as paredes estremeceram, como num terremoto, e as janelas foram encobertas por fumaça de pólvora.

— Acho que o senhor não viu isso em Petersburgo, mas aqui essas surpresas acontecem com frequência — disse o comandante da bateria. — Vá ver onde é que ela estourou, Vlang.

Vlang olhou e relatou que tinha sido na praça, e não se falou mais da bomba.

Pouco antes do fim do almoço, um velhote, o escrivão da bateria, entrou no cômodo com três envelopes selados e entregou-os ao comandante da bateria. "Isso aqui é *extremamente importante*, o cossaco acabou de trazer do chefe da artilharia." Com impaciência e expectativa, todos os oficiais

tos. *Kolduní* são pasteizinhos recheados com carne picada e servidos com molho. (N. do T.)

olhavam para os dedos do comandante da bateria, experientes naquela tarefa, que rompiam o selo do envelope e tiravam dele o papel *extremamente importante*. "O que poderia ser?", cada um fazia a si mesmo essa pergunta. Podia perfeitamente ser a retirada de Sebastopol para descanso, poderia ser a designação da bateria inteira para um bastião.

— De novo! — disse o comandante da bateria, jogando com raiva o papel na mesa.

— Sobre o que é, Apollon Serguéitch? — perguntou o oficial-superior.

— Estão requerendo um oficial com os serventes para alguma bateria de morteiro. Sendo que eu tenho apenas quatro oficiais, e os serventes não dão uma formação completa — resmungou o comandante de bateria —, mas continuam requerendo. Porém, alguém terá que ir, senhores — disse ele, depois de um breve silêncio —, deram ordem de estar às sete horas na frisa... Mandem um suboficial! Quem deve ir, senhores? Decidam — repetiu ele.

— Aquele ali ainda não esteve em lugar nenhum — disse Tchernovítski, apontando para Volódia.

O comandante da bateria não respondeu.

— Sim, eu gostaria de ir — disse Volódia, sentindo um suor gelado brotar-lhe nas costas e no pescoço.

— Ora, a troco de quê?! — interrompeu o capitão. — É claro que ninguém recusaria, mas também não precisa ficar pedindo; e, se Apollon Serguéitch nos encarregar disso, vamos sortear, como fizemos da outra vez.

Todos concordaram. Kraut cortou os papeizinhos, enrolou-os e colocou-os dentro do quepe. O capitão fazia piadas e até decidiu, para aquela ocasião, pedir vinho ao coronel, para despertar a valentia, como ele disse. Diadienko estava soturno, Volódia sorria, por alguma razão. Tchernovítski assegurava que decerto sobraria para ele, Kraut estava totalmente tranquilo.

Deixaram Volódia escolher primeiro. Ele pegou um papel, que era um pouco mais comprido, mas então teve a ideia de trocar — pegou outro, menor e mais grosso, e, desdobrando-o, leu nele: "Ir".

— Sou eu — disse ele, suspirando.

— Bem, que vá com Deus. Aí o senhor passa logo pelo batismo de fogo — disse o comandante da bateria, olhando, com um sorriso bondoso, para o rosto desconcertado do sargento —, mas o senhor deve se preparar depressa. E, para que a coisa seja mais divertida, Vlang vai com o senhor, como suboficial de artilharia.

XXII

Vlang ficou extremamente satisfeito com sua designação, correu animado para arrumar suas coisas e, já vestido, veio ajudar Volódia, e passou o tempo todo tentando convencê-lo a levar o leito, o casaco de peles, um número velho dos *Anais da Pátria*, a cafeteira a álcool e outras coisas desnecessárias. O capitão aconselhou Volódia a primeiro ler no *Manual*[29] sobre o tiro de morteiro e já anotar dali a tabela com os ângulos de elevação. Volódia imediatamente pôs-se em ação e, para sua surpresa e alegria, percebeu que, embora incomodassem-no um pouco o medo do perigo e, mais ainda, o sentimento de que pudesse ser um covarde, estes nem de longe estavam no mesmo nível da véspera. O motivo, em parte, era a influência do dia e da atividade, e em parte — e acima de tudo —, o fato de que o medo, como todo sentimento forte, não tem como continuar no mesmo nível por

[29] O *Manual para oficiais da artilharia*, editado por Bezak. (Nota do Autor) [Aleksandr Bezak (1800-1868), militar russo que viria a ser general de artilharia após a Guerra da Crimeia. (N. do T.)]

muito tempo. Resumindo, ele já conseguira superar o medo. Por volta das sete horas, assim que o sol começou a esconder-se atrás da caserna Nikoláievskaia, o suboficial veio até ele e declarou que os homens estavam prontos e à espera.

— Entreguei a lista para Vlanga. O senhor faça a bondade de pedir a ele, vossa senhoria! — disse.

Uns vinte soldados de artilharia, com os terçados sem o tiracolo, estavam atrás da casa. Junto com o cadete, Volódia aproximou-se deles. "Será que faço um pequeno discurso? Ou simplesmente digo: 'Salve, rapazes!'. Ou não digo nada?" — pensou. "Mas por que não dizer 'Salve, rapazes!'? Até devo fazer isso." E ele corajosamente gritou com sua vozinha sonora: "Salve, rapazes!". Os soldados responderam com alegria: a voz jovem e fresca ressoara agradavelmente aos ouvidos de cada um.

Volódia pôs-se a caminhar com ânimo à frente dos soldados, e, embora seu coração batesse como se ele tivesse corrido algumas verstas em disparada, o passo era leve, e o rosto, alegre. Quando já iam chegando bem perto da colina de Malákhov, subindo a montanha, ele percebeu que Vlang, que não ficava nem um passo para trás dele e que, em casa, parecera tão valente, afastava-se constantemente e abaixava a cabeça, como se todas as bombas e balas de canhão, que ali já assobiavam com muita frequência, estivessem vindo bem na sua direção. Alguns dos pracinhas faziam o mesmo, e, em geral, na maior parte dos rostos manifestava-se, se não medo, ao menos inquietação. Aquelas circunstâncias tranquilizaram e incentivaram Volódia definitivamente.

"Então estou mesmo na colina de Malákhov, que eu, sem motivo algum, imaginava tão terrível! Eu sou capaz de caminhar sem me abaixar para as balas de canhão, e até que me acovardo bem menos que os outros! Quer dizer que não sou um covarde?", pensou ele com deleite e até certo arroubo de presunção.

Porém, aquele sentimento foi logo abalado por um espetáculo com que se deparou ao crepúsculo, na bateria Kornílovskaia, enquanto buscava o chefe do bastião. Quatro marinheiros, junto ao parapeito, seguravam pelos braços e pelas pernas o cadáver ensanguentado de alguém sem botas e sem capote, e balançavam-no com intenção de jogá-lo por cima do parapeito. (No segundo dia de bombardeio, não foi em todos lugares que tiveram tempo de remover os corpos dos bastiões, e eles foram jogados num fosso para não atrapalhar nas baterias.) Volódia por um minuto ficou petrificado ao ver o cadáver bater no alto do parapeito e depois lentamente rolar de lá para a vala; mas, para sua sorte, naquele mesmo instante o chefe do bastião veio ao seu encontro, deu-lhe as ordens e designou-lhe um guia para a bateria e o abrigo subterrâneo destinado aos serventes. Não contarei quantos horrores, perigos e decepções nosso herói ainda experimentou naquela noite — que, em vez dos tiros que ele vira no campo de Vólkovo,[30] com todas as condições de precisão e ordem que ele tinha esperança de encontrar ali, o que ele encontrou foram dois morteirinhos despedaçados, dos quais um tinha a boca amassada por uma bala de canhão, enquanto o outro estava no meio dos estilhaços de uma plataforma despedaçada; que ele ficou até a manhã sem conseguir operários para consertar a plataforma; que nenhum projétil tinha o peso que fora determinado no *Manual*; que dois soldados de seu comando foram feridos e por vinte vezes ele esteve a um passo da morte. Por sorte, um artilheiro naval de enorme estatura fora destacado para ajudá-lo, um marinheiro que, desde o início do cerco, estivera em meio aos morteiros e que lhe garantiu que ainda havia possibilidade de eles funcionarem, e

[30] Localidade de Petersburgo em que ficavam diversas escolas militares e se faziam os treinamentos práticos de balística. (N. do T.)

que o conduziu de madrugada, com uma lanterna, por todo o bastião, como se fosse sua horta, e lhe prometeu arranjar tudo até o dia seguinte. O abrigo ao qual o guia o conduzira era um fosso alongado, escavado no solo pedregoso com duas *sájens* cúbicas e coberto por dois troncos de carvalho de um *archin* de espessura. Ali ele se alojou com todos os seus soldados. Vlang, assim que viu a porta baixinha do abrigo subterrâneo, de um *archin* de largura, foi o primeiro a entrar correndo, a toda a pressa, antes de todos, e, quase esmagando-se contra o chão de pedra, enfiou-se num canto, do qual não saiu mais. Já Volódia, quando todos os soldados alojaram-se no chão ao longo da parede, e alguns começavam a fumar seus cachimbos, armou sua cama num canto, acendeu uma vela e, depois de fumar um cigarro, deitou-se no leito. Acima do abrigo subterrâneo ouviam-se disparos constantes, mas não muito ruidosos, exceto por um canhão que ficava ao lado e sacudia o abrigo com tamanha força que do teto caía terra. Dentro do próprio abrigo estava silencioso; só os soldados, ainda evitando o novo oficial, de quando em quando trocavam algumas palavras, pedindo um ao outro que dessem passagem ou uma brasa para acender o cachimbo; uma ratazana roía algo em algum lugar em meio às pedras, ou Vlang, que ainda não voltara a si e que olhava ao redor com ar acuado, de repente soltava um ruidoso suspiro. Volódia, em sua cama, num cantinho abarrotado de gente, iluminado por uma só velinha, sentia aquela mesma sensação de aconchego que, na infância, ele tinha ao brincar de esconde-esconde, quando se enfiava num armário ou debaixo da saia da mãe e, sem tomar fôlego, ficava escutando, com medo do escuro e ao mesmo tempo com uma espécie de deleite. Sentia-se um pouquinho apavorado, mas, também, alegre.

XXIII

Uns dez minutos depois, os pracinhas tomaram um pouco de coragem e começaram a falar. Mais perto do fogo e da cama do oficial, estavam acomodados os homens mais importantes — dois suboficiais de artilharia: um, grisalho, velho, com todas as medalhas e cruzes, exceto pela de São Jorge; o outro, jovem, um cantonista,[31] fumando cigarrinhos enrolados. O tamborileiro, como sempre, assumira a função de servir o oficial. Os bombardeiros e os cavaleiros[32] estavam ali perto, e mais para lá, na sombra, próximo à entrada, encontravam-se os *submissos*.[33] Foi entre eles que começou a conversa. O motivo foi o barulho que alguém fizera ao irromper velozmente no abrigo subterrâneo.

— Por que é que não ficou na rua, amigo? Não estava divertido as moças cantando? — disse uma voz.

— Estavam cantando umas músicas tão esquisitas, que nunca ninguém ouviu lá no vilarejo — disse, rindo, o que havia entrado correndo no abrigo.

— Mas o Vássin não gosta de bombas, ah, não gosta! — disse um dos que estavam no canto dos aristocratas.

— Ora essa! Quando é preciso, a história é bem diferente! — disse a voz vagarosa de Vássin, que, quando falava, fazia calar todas as outras. — No dia 24 eles dispararam como loucos;[34] aí o ruim é que matam você por uma merda

[31] Filhos de soldados que eram alistados automaticamente no Exército ainda na menoridade. Foi precisamente a derrota na Guerra da Crimeia que provocou a abolição dessa prática na Rússia. (N. do T.)

[32] O termo refere-se aqui a soldados condecorados com a Ordem de São Jorge. (N. do T.)

[33] No conto "A derrubada da floresta" (1855), Tolstói divide os soldados em três tipos: o submisso, o autoritário e o temerário. (N. do T.)

[34] No dia 24 de agosto (5 de setembro) de 1855, começou um dos

qualquer, a chefia não vai dizer obrigado ao pessoal por causa disso.

Com essas palavras de Vássin, todos deram risada.

— Lá está o Miélnikov — esse parece que fica o tempo todo lá fora — disse alguém.

— Pois mandem para cá o tal Miélnikov — acrescentou o velho suboficial de artilharia —, senão vai mesmo morrer à toa, a troco de nada.

— Quem é esse Miélnikov? — perguntou Volódia.

— É um pracinha estúpido que nós temos, vossa senhoria. Ele não tem medo de nada e agora só fica andando lá fora. Tenha a bondade de olhar para ele: é mesmo parecido com um urso.

— Ele deve conhecer um encantamento — disse a voz vagarosa de Vássin, do outro canto.

Miélnikov entrou no abrigo. Era um homem gordo (o que é extrema raridade entre os soldados), ruivo, avermelhado, com uma enorme testa saliente e salientes olhos azul-claros.

— Então, você não tem medo das bombas? — perguntou-lhe Volódia.

— Por que ter medo das bombas?! — respondeu Miélnikov, encolhendo-se e coçando-se. — Não é com bomba que vão me matar, eu sei.

— Então você gostaria de morar aqui?

— Pois todo mundo sabe que eu gostaria. Aqui é animado! — disse ele, com uma gargalhada súbita.

— Ah, então você precisa ser levado a uma surtida! Quer que eu diga a um general? — disse Volódia, embora não conhecesse nenhum general ali.

mais intensos bombardeios contra a cidade de Sebastopol, ocasião em que os Aliados destruíram quase todas as fortificações defensivas e causaram de 2 mil a 3 mil perdas do lado russo. (N. do T.)

— E como não querer? Eu quero!

E Miélnikov escondeu-se atrás dos outros.

— Vamos jogar *noskí*,[35] pessoal! Quem tem cartas? — ouviu-se sua voz apressada.

De fato, logo começou o jogo no canto de trás — ouviam-se os golpes no nariz, o riso e as trunfadas. Volódia bebeu muito chá do samovar que lhe foi posto pelo tamborileiro, serviu os suboficiais de artilharia, gracejou, puxou conversa com eles, desejoso de granjear popularidade e muito satisfeito com o respeito que lhe demonstravam. Os pracinhas, ao reparar que o fidalgo era *gente simples*, também começaram a falar. Um deles contava que o estado de sítio em Sebastopol deveria acabar logo, porque um marinheiro, homem de sua confiança, tinha contado que *Kinstentin*, o irmão do tsar,[36] viria nos acudir com a frota *mericana*, e que além disso logo haveria um acordo, para não disparar durante duas semanas e dar uma trégua, e que, se alguém disparasse, teria que pagar 75 copeques de multa por cada disparo.

Vássin, que, como Volódia pôde observar, era baixo, de suíças, com olhos grandes e bondosos, contou, primeiro diante do silêncio geral, depois, das gargalhadas, que, ao chegar em casa de licença, no início todos ficaram felizes com sua presença, mas depois o pai começou a mandá-lo trabalhar, e o tenente florestal mandava-o buscar de *drójki* a esposa. Tudo aquilo era extremamente divertido para Volódia. Ele não só não sentia o menor medo ou descontentamento pelo aperto e pelo cheiro carregado do abrigo subterrâneo, como sentia-se extremamente animado e alegre.

[35] Jogo de cartas no qual o perdedor deve pagar ou levar golpes de carta no nariz, de acordo com a soma perdida aos vencedores. (N. do T.)

[36] Konstantin Nikoláievitch, irmão do tsar Alexandre II, foi responsável, a partir de 1855, pela administração dos assuntos relacionados à Marinha. (N. do T.)

Muitos soldados já roncavam. Vlang também havia se esticado no chão, e o velho suboficial de artilharia, depois de estender o capote e benzer-se, murmurava um oração antes de dormir, quando Volódia teve vontade de sair do abrigo — ver o que estavam fazendo lá fora.

— Recolha as pernas! — gritaram os soldados uns aos outros, assim que ele se levantou, e as pernas, comprimindo-se, deram-lhe passagem.

Vlang, que parecera estar dormindo, de repente ergueu a cabeça e agarrou Volódia pela borda do capote.

— Ora, basta, não vá, será possível? — falou ele num tom choroso e persuasivo. — O senhor ainda não conhece: lá as balas caem sem cessar; é melhor aqui...

Mas, apesar dos pedidos de Vlang, Volódia conseguiu sair do abrigo e sentou-se na soleira, na qual já estava sentado Miélnikov, trocando de sapatos.

O ar estava puro e fresco — especialmente depois do abrigo subterrâneo; a noite estava clara e silenciosa. Por detrás dos ruídos dos disparos, ouvia-se o som das rodas das carruagens que traziam cestões e a fala das pessoas que trabalhavam no paiol de pólvora. Acima das cabeças, havia um céu alto e estrelado, pelo qual passavam sem cessar as ígneas faixas das bombas; um *archin* à esquerda, uma pequena abertura levava a outro abrigo, no qual viam-se as pernas e as costas dos marinheiros que ali viviam e ouviam-se suas vozes embriagadas; à frente, via-se a elevação do paiol, pela qual deslocavam-se vultos de pessoas arqueadas e sobre a qual, bem no alto, debaixo de balas e bombas que assobiavam sem cessar naquele lugar, havia um vulto alto, de casaco negro, com as mãos nos bolsos, que calcava com o pé a terra que outras pessoas traziam para lá em sacos. Com frequência, uma bomba passava voando e estourava bem perto do paiol. Os soldados que traziam a terra agachavam-se, afastavam-se; já o vulto negro não se movia, batendo tranquilamente a terra com os pés e permanecendo no lugar, sempre na mesma posição.

— Quem é aquele, o escuro? — perguntou Volódia a Miélnikov.

— Não tenho como saber; vou lá ver.

— Não vá, não precisa.

Mas Miélnikov, sem escutar, levantou-se, aproximou-se do homem escuro e, por muitíssimo tempo, de modo igualmente indiferente e imóvel, ficou parado ao lado dele.

— É o paioleiro, vossa senhoria — disse ele, retornando —, uma bomba perfurou o paiol, aí os soldados da infantaria estão trazendo terra.

De quando em quando, as bombas pareciam voar bem na direção da porta do abrigo subterrâneo. Então, Volódia encolhia-se no canto e voltava a aparecer, olhando para cima e vendo se nenhuma outra estava voando para lá. Embora Vlang, de dentro do abrigo, tivesse suplicado algumas vezes para que Volódia voltasse, este ficou sentado umas três horas na soleira, encontrando certa satisfação em testar sua sorte e observar o voo das bombas. Perto do fim da noite, já sabia quantas peças haviam disparado, e de onde, e onde pousaram os projéteis.

XXIV

No dia seguinte, o dia 27, depois de um sono de dez horas, Volódia, fresco e animado, saiu de manhã cedo para a soleira do abrigo subterrâneo. Vlang também fez menção de vir para fora junto com ele, mas, ao primeiro som de uma bala, ele, com toda a pressa do mundo, abrindo caminho com a cabeça, lançou-se aos trambolhões de volta para a abertura do abrigo, debaixo de gargalhadas generalizadas dos pracinhas, que, em sua maior parte, também haviam saído para o ar livre. Somente Vássin, o velho suboficial de artilharia e alguns outros raramente saíam para a trincheira; os demais não podiam ser contidos: todos precipitavam-se em massa do fétido abrigo para o ar fresco da manhã, e, apesar do bombardeio, tão forte como na véspera, colocavam-se uns perto da soleira, outros debaixo do parapeito. Miélnikov já desde a alvorada passeava pelas baterias, olhando para cima com ar indiferente.

Perto da soleira estavam sentados dois soldados velhos e um jovem, de cabelo crespo, que, pela aparência, eram *jids*.[37] Esse soldado, depois de pegar uma das balas que estavam largadas e achatá-la contra uma pedra com um caco, entalhou-a com uma faca no formato da Cruz de São Jorge; os outros, enquanto conversavam, observavam seu trabalho. A cruz, de fato, ia ficando muito bonita.

— Mas então, como ficaremos aqui ainda algum tempo — dizia um deles —, na hora do armistício vai ter dado o tempo de baixa de todo mundo.

— Como assim? Para mim não faltam nem quatro anos para a baixa, e agora passei cinco meses em *Sibastopol*.

— Isso não conta para a baixa, está ouvindo? — disse outro.

Naquele momento, uma bala de canhão passou zunindo por cima das cabeças dos que falavam e caiu a um *archin* de Miélnikov, que se aproximava deles pela trincheira.

— Por pouco não matou Miélnikov — disse um.

— Não vai me matar — respondeu Miélnikov.

— Aqui, para você, a cruz por valentia — disse o jovem soldado que fizera a cruz, entregando-a ao outro.

— Não, meu amigo, quer dizer, um mês aqui conta por

[37] Modo depreciativo de se referir aos judeus. (N. do T.)

um ano, teve um decreto sobre isso — continuou a conversa.[38]

— Pense como for, com certeza depois do armistício vão fazer uma revista imperial em *Arsóvia*, e, se não derem baixa, vão liberar licença por tempo indeterminado.

Naquele momento, uma pequena bala, estridente e ricocheteante, passou voando acima das cabeças dos que conversavam e chocou-se contra uma pedra.

— Veja só, antes do fim do dia ainda vai receber a *integral* — disse um dos soldados.

Todos riram.

E não só antes do fim do dia, mas duas horas depois dois deles já haviam recebido a *integral*, e cinco foram feridos; mas os demais caçoavam do mesmíssimo jeito.

Pela manhã, dois morteiros estavam de fato em condições de disparar. Por volta das dez, de acordo com a ordem recebida do comandante do bastião, Volódia convocou seu destacamento e, junto com ele, foi em direção à bateria.

Nos homens, tão logo se puseram em ação, não se percebeu um pingo daquele sentimento de temor que se manifestara no dia anterior. Só Vlang não conseguia dominar-se: escondia-se e encurvava-se da mesma maneira, e Vássin perdera um pouco de sua tranquilidade, estava agitado e agachava-se o tempo todo. Já Volódia estava em extremo êxtase: nem lhe ocorria o pensamento do perigo. A alegria por cumprir bem sua obrigação, por não só não ser covarde, mas até mesmo valente, a sensação de comando e a presença de vinte homens que — ele sabia — olhavam para ele com curiosidade, fizeram dele um perfeito corajoso. Ele até se vangloria-

[38] De fato havia um decreto, assinado ainda por Nicolau I, que determinava que cada mês passado em combate em Sebastopol contasse como um ano de serviço. (N. do T.)

va de sua valentia, pavoneava-se diante dos soldados, saía para a banqueta e propositalmente desabotoava o capote para fazer-se mais visível. O comandante do bastião, que naquele momento inspecionava sua "propriedade", como ele mesmo expressava, ainda que tivesse se acostumado, naqueles oito meses, com todo tipo de valentia, não pôde deixar de admirar aquele bonito menino, de capote desabotoado, por baixo do qual enxergava-se a camisa vermelha que envolvia o pescoço branco e terno, com o rosto e os olhos inflamados, batendo palmas e comandando, com uma vozinha sonora: "Primeiro! Segundo!", e, contente, correndo para cima do parapeito para ver onde cairia sua bomba. Às onze e meia, o tiroteio cessou de ambas as partes, e exatamente às doze horas começou a investida contra a colina de Malákhov, do segundo, terceiro e quinto bastiões.

XXV

Do lado de cá da enseada, entre Inkerman e a fortificação do Norte, na colina do telégrafo, por volta do meio-dia, havia dois marinheiros: um deles oficial, olhava para Sebastopol pela luneta, o outro acabara de chegar, juntamente com um cossaco, à grande baliza.

O sol estava radiante e alto acima da enseada, que, com um brilho alegre e cálido, brincava com seus navios estáticos e suas velas e barcos movediços. Uma brisa leve mal sacudia as folhas dos ressequidos arbustos de carvalho junto ao telégrafo, enfunava as velas dos barcos e agitava as ondas. Sebastopol, a mesma de sempre, com sua igreja inacabada, sua colunata, sua avenida marginal, com seu bulevar verdejante sobre a colina e o elegante edifício da biblioteca, com suas pequenas enseadazinhas cerúleas, repletas de mastros, os pitorescos arcos dos aquedutos e as nuvens de uma azulada fumaça de pólvora, iluminada às vezes pela chama rubra dos tiros; a mesma Sebastopol de sempre, bela, festiva, orgulhosa, cercada de um lado por fumegantes colinas amarelas, do outro, pelo mar azul-claro que brincava contra o sol, podia ser vista do outro lado da enseada. Acima do horizonte do mar, pelo qual fumegava a faixa de fumaça negra de algum vapor, rastejavam longas nuvens brancas, prometendo vento. Por toda a linha das fortificações, especialmente nas montanhas do lado esquerdo, surgiam, de repente, vários de cada vez, sem cessar, com um relâmpago que às vezes reluzia até mesmo à luz do meio-dia, emaranhados de uma densa e comprimida fumaça branca, que iam crescendo, tomando formas diversas, erguendo-se e ganhando tons mais escuros no céu. Esses fios de fumaça, aparecendo ora lá, ora aqui, surgiam pelas montanhas nas baterias inimigas, e também na cidade, e no alto, no céu. Os sons das explosões não cessavam e, reverberando, sacudiam o ar...

Perto das doze horas, os fios de fumaça começaram a surgir cada vez mais raramente, o ar vibrava menos com o ruído.

— No entanto o segundo bastião já não responde de modo algum — disse o oficial hussardo, que estava montado —, foi totalmente destruído! É horrível!

— E a cada três disparos deles Malákhov não chega a mandar um — respondeu o que olhava pela luneta —, fico furioso por estarem em silêncio. Veja só, de novo caiu bem na Kornílovskaia, e ela não responde nada.

— E olhe, eu disse que perto das doze eles sempre param de bombardear. Agora é a mesma coisa. É melhor irmos tomar café da manhã... já estão nos esperando... Não tem nada para observar.

— Espere, não atrapalhe! — respondeu o que observava pela luneta, olhando para Sebastopol com particular avidez.

— O que tem lá? O quê?

— Um movimento nas trincheiras, colunas cerradas estão avançando.

— Pois mesmo daqui dá para ver — disse o marinheiro. — Estão avançando em colunas. Tem que dar o sinal.

— Olhe, olhe! Saíram das trincheiras!

De fato, a olho nu, viam-se como que manchas escuras movendo-se da montanha, através de um barranco, das baterias francesas em direção aos bastiões. À frente dessas manchas, viam-se faixas escuras, já próximo às nossas linhas. Nos bastiões, foram estourando, em vários lugares, como se passassem correndo, fios brancos de fumaça de disparos. O vento trouxe os sons do tiroteio de fuzil, intenso, como chuva batendo contra as janelas. As faixas negras moviam-se na própria fumaça, cada vez mais perto. Os sons dos disparos, tornando-se cada vez mais fortes, fundiam-se num prolongado estrondo trovejante. A fumaça, erguendo-se com frequência cada vez maior, ia se dispersando rapidamente pelas linhas e finalmente fundiu-se por inteiro numa só nuvem lilás, que se enrolava e desenrolava, e em meio à qual, aqui e ali, cintilavam de leve fogos e pontos negros — todos os sons uniram-se num só estrépito trovejante.

— É uma investida! — disse o oficial, com rosto pálido, entregando a luneta ao marinheiro.

Cossacos passaram cavalgando pela estrada, oficiais montados, o comandante em chefe numa carruagem, e, com seu séquito, passaram reto. Em cada rosto via-se uma grave agitação e a expectativa de algo horrível.

— Não pode ser que tenham tomado! — disse um oficial a cavalo.

— Por Deus, a bandeira! Olhe, olhe! — disse o outro, ofegante, largando a luneta. — A francesa, na colina de Malákhov!

— Não pode ser!

XXVI

O Kozeltsov mais velho, que durante a madrugada tivera tempo de tirar a desforra e perder tudo novamente, até as moedas de ouro costuradas no canhão da manga, pouco antes do amanhecer ainda dormia, um sono duro, insalubre, porém pesado, na caserna defensiva do quinto bastião, quando, repetido por vozes diversas, ouviu-se o grito fatídico:

— O alarme!...

— Por que está dormindo, Mikhail Semiónytch? É uma investida! — gritou-lhe a voz de alguém.

— Deve ser coisa de algum menino de escola — disse ele, abrindo os olhos e ainda sem acreditar.

Mas de repente ele viu um oficial correndo de um canto a outro, sem qualquer objetivo aparente, e com um rosto tão pálido e assustado, que ele entendeu tudo. O pensamento de que pudessem tomá-lo por um covarde, que não queria ir até sua companhia num momento crítico, afetou-o terrivelmente. Ele saiu correndo a toda em direção à companhia. Os tiros de peças de artilharia haviam parado; mas os estampidos dos fuzis estavam em pleno auge. As balas não assobiavam uma por uma, como as dos *Stutzen*, e sim como enxames, como bandos de pássaros outonais voando por cima das cabeças. Todo o lugar em que seu batalhão estivera no dia anterior estava encoberto pela fumaça, ouviam-se as exclamações e os gritos inimigos. Multidões de soldados, feridos e não feridos, vinham em sua direção. Depois de correr mais uns trinta passos comprimindo-se contra a mureta, ele viu sua companhia e o rosto de um de seus soldados, mas era um rosto pálido, assustado. Os outros rostos estavam iguais. A sensação de medo involuntariamente passou também a Kozeltsov: um calafrio percorreu sua pele.

— Ocuparam o reduto de Schwartz — disse um jovem oficial, batendo os dentes. — Está tudo perdido!

— Que absurdo! — disse Kozeltsov com raiva, e, querendo estimular-se com um gesto, sacou seu sabre de ferro, pequenino e cego, e gritou:

— Avante, rapazes! Hurra-a!

A voz era sonora e alta; ela despertou o próprio Kozeltsov. Ele correu adiante, ao longo do través; uns cinquenta soldados correram atrás dele, gritando. Ele correu para o lado de fora do través, para uma área aberta, as balas caíram literalmente como granizo. Duas o atingiram, mas onde e o que fizeram — se o contundiram, se o feriram — ele não teve tempo de definir. Adiante, na fumaça, ele já podia enxergar as fardas azuis, as calças vermelhas, e ouviam-se gritos que não eram russos; um francês estava em pé no parapeito, acenando com o chapéu e gritando alguma coisa. Kozeltsov teve certeza de que seria morto; e foi isso mesmo o que lhe despertou a valentia. Corria sempre adiante. Alguns soldados tomaram-lhe a dianteira; outros soldados apareciam de algum lugar pelo flanco e também corriam. As fardas azuis permaneciam à mesma distância, fugindo dele para trás, em direção a suas trincheiras, mas a seus pés iam caindo os feridos e os mortos. Depois de já ter corrido até o fosso externo, todos se misturaram aos olhos de Kozeltsov, e ele sentiu uma dor no peito e, sentando-se na banqueta, viu pela ameia, com enorme deleite, os montes de fardas azuis correndo em desordem em direção às suas trincheiras e, por todo o campo, os mortos que jaziam e os feridos que se arrastavam, de calças vermelhas e uniformes azuis.

Meia hora depois, estava deitado na maca, perto da caserna Nikoláievskaia, e sabia que estava ferido, mas quase não sentia dor; só queria beber algo gelado e ficar um pouco deitado, em sossego.

Um médico pequeno, gordo, com grandes suíças negras, aproximou-se dele e desabotoou-lhe o capote. Por cima do queixo, Kozeltsov observava o que o médico estava fazendo com sua ferida, e o rosto do médico, mas não sentia dor alguma. O médico cobriu a ferida com a camisa, limpou os dedos na aba do casaco e, em silêncio, sem olhar para o ferido, afastou-se em direção a outro. Kozeltsov inconscientemente seguia com os olhos o que se passava diante dele, e, relembrando o que acontecera no quinto bastião, pensou, com um sentimento extremamente agradável de satisfação consigo mesmo, que cumprira bem o seu dever, que, pela primeira vez durante todo o seu serviço, agira tão bem quanto era possível, e que em nada podia recriminar a si mesmo. O médico, enquanto fazia um curativo em outro oficial ferido, apontou para Kozeltsov e disse algo a um padre com uma grande barba ruiva, que estava ali segurando uma cruz.

— Que foi, estou morrendo? — perguntou Kozeltsov ao padre, quando ele se aproximou.

O padre, sem responder, recitou uma oração e entregou a cruz ao ferido.

A morte não assustava Kozeltsov. Com mãos fracas, ele pegou a cruz, apertou-a contra os lábios e pôs-se a chorar.

— Então, os franceses foram rechaçados em toda parte? — perguntou ele ao padre.

— Em *tôda* parte a *vitôria ficôu* ao *nôsso* lado — respondeu o padre, reforçando a pronúncia do ô,[39] escondendo do ferido, para não angustiá-lo, que, na colina de Malákhov, já esvoaçava a bandeira francesa.

— Graças a Deus — disse o ferido, sem sentir as lágrimas escorrendo por suas faces.

O irmão surgiu por um instante em sua cabeça. "Que Deus possa dar-lhe a mesma felicidade", pensou ele.

[39] É corrente no russo a pronúncia do "o" átono como "a", mas o clero, devido ao eslavo eclesiástico, língua em que são administrados os serviços religiosos, em geral articula essa vogal como "o". (N. do T.)

XXVII

Mas não foi esse o destino que esperava por Volódia. Ele estava escutando uma história que Vássin lhe contava, quando gritaram: "Os franceses estão chegando!". O sangue fluiu instantaneamente para o coração de Volódia, e ele sentiu suas faces esfriarem e empalidecerem. Por um segundo, permaneceu imóvel; mas, depois de olhar ao redor, viu que os soldados, de maneira bastante tranquila, abotoavam os capotes e iam saindo, um após o outro; um deles — parece que foi Miélnikov — até disse, em tom jocoso:

— Saiam trazendo pão e sal, rapazes![40]

Juntamente com Vlang, que não se afastava um passo dele, Volódia saiu do abrigo subterrâneo e correu em direção à bateria. Não havia absolutamente nenhum tiro de artilharia, nem de um lado, nem do outro. Não foi tanto o ar de calma dos soldados que o estimulou, e sim a lastimável e indisfarçada covardia do cadete. "Será possível que eu sou parecido com ele?", pensou, e, com alegria, chegou correndo ao parapeito, junto ao qual estavam seus morteiros. Podia ver com clareza os franceses correndo diretamente em sua direção por um espaço aberto e uma multidão deles, com baionetas reluzentes ao sol, movendo-se nas trincheiras mais próximas. Um deles, baixo, de ombros largos, farda de zuavo e espada na mão, corria adiante e saltava por cima das covas. "Metralhar!", gritou Volódia, saltando da banqueta; mas os soldados já tinham se preparado antes dele, e o som metálico da metralha sendo disparada silvou por cima de sua cabeça, vindo primeiro de um morteiro, depois de outro. "Primeiro! Segundo!", comandava Volódia, correndo,

[40] De acordo com a tradição russa, os hóspedes são recebidos com pão e sal. (N. do T.)

em meio à fumaça, de um morteiro a outro, esquecendo-se completamente do perigo. Pelo flanco, ouviam-se os estampidos dos fuzis da nossa cobertura, ali próximo, e gritos inquietos.

De repente, um espantoso grito de desespero, repetido por algumas vozes, foi ouvido à esquerda: "Estão contornando! Estão contornando!". Volódia olhou na direção do grito. Uns vinte franceses apareceram por detrás. Um deles, de barba preta e fez vermelho, um homem bonito, vinha à frente de todos, mas, depois de chegar correndo a uns dez passos da bateria, parou e atirou, depois voltou a correr adiante. Por um segundo, Volódia ficou como que petrificado e não acreditou em seus olhos. Quando voltou a si e olhou ao redor, diante dele, no parapeito, havia fardas azuis, e dois franceses, a dez passos dele, rebitavam um canhão. Perto dele não havia ninguém, com exceção de Miélnikov, morto por uma bala a seu lado, e Vlang, que tinha na mão uma alavanca de artilharia e, com uma expressão furiosa no rosto e as pupilas baixadas, lançara-se adiante. "Venha comigo, Vladímir Semiónytch! Venha comigo! Estamos perdidos!", gritava a voz desesperada de Vlang, brandindo a alavanca contra os franceses que passavam por detrás. O vulto furioso do cadete deixava-os perplexos. Golpeou um deles na cabeça, um que estava à frente, os outros involuntariamente se detiveram, e Vlang, continuando a olhar ao redor e a gritar, desesperado: "Venha comigo, Vladímir Semiónytch! Por que está aí parado?! Corra!", aproximou-se correndo da trincheira em que estava a nossa infantaria, atirando contra os franceses. Depois de saltar para a trincheira, ele se ergueu novamente para fora dela, para ver o que seu adorado sargento estava fazendo. Algo de capote jazia de bruços no lugar em que Volódia estivera, e todo aquele espaço já estava ocupado pelos franceses, que atiravam contra os nossos.

XXVIII

Vlang encontrou sua bateria na segunda linha defensiva. Dos vinte soldados que estavam na bateria de morteiros, só oito se salvaram.

Antes das nove horas da noite, junto com a bateria, num vapor cheio de soldados, canhões, cavalos e feridos, Vlang atravessava para a banda Norte. Não havia disparos em parte alguma. As estrelas, assim como na noite anterior, brilhavam vivamente no céu; mas um vento forte fazia ondular o mar. No primeiro e no segundo bastiões, relâmpagos estouravam pela terra, explosões sacudiam o ar e iluminavam, ao seu redor, alguns objetos negros, estranhos, e pedras que voavam em direção ao ar. Algo queimava perto das docas, e a chama vermelha refletia-se na água. A ponte, repleta de gente, era iluminada pelo fogo vindo da bateria Nikoláievskaia. Uma grande chama parecia erguer-se sobre a água no distante e pequeno promontório da bateria Aleksándrovskaia e iluminava a parte de baixo de uma nuvem de fumaça que se erguia acima dele, e as mesmas luzes da véspera, distantes, atrevidas, tranquilas, reluziam no mar, na frota inimiga. Um vento fresco fazia ondular a enseada. À luz do clarão dos incêndios, viam-se os mastros de nossos navios naufragados, que, lentamente, iam afundando cada vez mais na água. Não se ouviam vozes no convés; só se ouvia, por detrás do som uniforme das ondas singradas e do vapor, os cavalos bufando e batendo os cascos contra a chata, ouviam-se as palavras de comando do capitão e os gemidos dos feridos. Vlang, que não havia comido o dia inteiro, tirou do bolso um pedaço de pão e começou a mastigar, mas de repente, ao lembrar-se de Volódia, pôs-se a chorar tão alto, que os soldados que estavam a seu lado ouviram.

— Vejam só, ele vai comendo e vai chorando, o nosso Vlang — disse Vássin.

— Esquisito! — disse outro.

— Vejam só, queimaram até as nossas casernas — prosseguiu ele, suspirando —, e quantos dos nossos não se perderam lá, enquanto que os franceses não pagaram nada por isso!

— Pelo menos saímos vivos, então glória a Ti, Senhor — disse Vássin.

— Mas dá uma raiva!

— O que dá raiva? Por acaso eles estão à vontade aqui? De jeito nenhum! Olhe só, os nossos vão tomar de volta. Não importa quantos dos nossos caiam, mas, Deus há de querer, o *amperador* vai dar a ordem, e vamos tomar. Por acaso os nossos vão deixar tudo assim para eles? De jeito nenhum! Aqui para você ver, as muralhas nuas; e todos os fortins foram explodidos... Podem até ter colocado a insígnia deles na colina, mas na cidade não vão se meter. Esperem só, ainda vai ter o verdadeiro acerto de contas com vocês, esperem só a hora chegar — concluiu ele, dirigindo-se aos franceses.

— Sabemos que vai! — disse outro, com convicção.

* * *

Por toda a linha dos bastiões de Sebastopol, que, durante tantos meses, efervesceram com uma vida de uma energia incomum, que, durante tantos meses, viram os heróis moribundos serem, um a um, substituídos pela morte, perecendo um após o outro, e que, durante tantos meses, provocou o medo, o ódio e, finalmente, a admiração dos inimigos — nos bastiões de Sebastopol não havia mais ninguém em lugar algum. Tudo estava morto, deserto, pavoroso — mas não tranquilo: a destruição continuava. Pela terra arruinada, escavada por explosões recentes, em toda parte jaziam carretas destroçadas, cadáveres humanos, russos e inimigos, esmagados, pesados canhões de ferro, calados para sempre, atirados em covas por uma força tremenda e cobertos de terra até a metade, bombas, balas, mais cadáveres, covas, estilhaços de madeira, de abrigos subterrâneos, e mais cadáveres silenciosos, com capotes cinzentos e azuis. Tudo isso ainda estremecia com frequência e iluminava-se com a chama rubra das explosões, que continuavam a sacudir o ar.

Os inimigos viam que algo incompreensível se passava na temível Sebastopol. Aquelas explosões e o silêncio morto nos bastiões faziam com que estremecessem; mas ainda não ousavam acreditar, sob influência da forte e tranquila resistência daquele dia, que seu inimigo inabalável desaparecera, e em silêncio, sem se mover, aguardavam com tremor o fim da noite sombria.

O exército de Sebastopol, como o mar na noite sombria e ondejante, confluindo, espalhando-se e palpitando em desassossego com toda a sua massa, ondulando junto à enseada, pela ponte e na banda Norte, movia-se lentamente, em meio à impenetrável escuridão, para longe do lugar em que deixara tantos valentes irmãos — de um lugar inteiramente coberto com seu próprio sangue; de um lugar defendido durante onze meses contra um inimigo duas vezes mais forte, e que, agora, havia ordem de abandonar sem resistência.

Foi indizivelmente penosa, para cada russo, a primeira sensação causada por aquela ordem. O segundo sentimento foi o medo da perseguição. Os homens sentiam-se indefesos assim que deixavam os lugares nos quais haviam se acostumado a lutar e, com inquietação, amontoavam-se, em meio às trevas, na entrada da ponte que o forte vento balançava. Chocando baionetas e aglomerando-se em seus regimentos, tripulações e corpos de voluntários, a infantaria comprimia-se, oficiais da cavalaria abriam passagem com ordens, moradores e ordenanças, trazendo bagagens que não permitiam passar, choravam e imploravam; fazendo rumorejar as rodas, a artilharia, com pressa de retirar-se, tentava alcançar a enseada. Apesar da distração de variadas e urgentes ocupações, o sentimento de autopreservação e o desejo de escapar o quanto antes daquele terrível lugar de morte estava presente na alma de cada um. Esse sentimento estava tanto no soldado mortalmente ferido, que, deitado em meio a quinhentos outros feridos no chão de pedra da marginal Pávlovskaia, pedia a Deus para morrer, como no voluntário que tentava, com as últimas forças, abrir a densa multidão para dar passagem ao general que vinha montado, e também no general, que ordenava com firmeza que abrissem caminho e tentava conter a pressa dos soldados, e no marinheiro, que viera parar num batalhão em movimento e fora esmagado pela multidão oscilante, até perder a respiração, e no oficial ferido, levado numa maca por quatro soldados que, detidos pela gente movediça, deixaram-no sobre o chão, ao lado da bateria Nikoláievskaia, e no artilheiro, que, durante dezesseis anos, servira em sua peça, e, depois de uma ordem dos superiores, incompreensível para ele, lançara essa peça, com a ajuda dos companheiros, da margem escarpada para dentro da enseada, e nos marinheiros da frota que haviam acabado de arrancar as vedações dos navios e que, remando com vivacidade, navegavam para longe deles em barcaças. Ao sair do outro lado da ponte, quase todo soldado tirava o chapéu e fazia o sinal da cruz. Mas, além desse sentimento, havia outro, grave, torturante e mais profundo: era um sentimento como que semelhante ao arrependimento, à vergonha e à raiva. Quase todo soldado, ao olhar da banda Norte para a abandonada Sebastopol, com um amargor indescritível no coração, suspirava e ameaçava o inimigo.

27 de dezembro
São Petersburgo

APÊNDICES

UMA INTRODUÇÃO À GUERRA DA CRIMEIA[1]

Orlando Figes

Na igreja da paróquia de Witchampton, em Dorset, há um memorial em homenagem a cinco soldados daquela pacífica cidadezinha que combateram e morreram na Guerra da Crimeia. Diz a inscrição:

> *Mortos a serviço de seu país.*
> *Seus corpos estão na Crimeia.*
> *Que suas almas descansem em paz.*
> MDCCCLIV

No cemitério comunal de Héricourt, no sudeste da França, há uma lápide com os nomes dos nove homens da região que morreram na Crimeia:

> *Ils sont morts pour la patrie.*
> *Amis, nous nous reveron un jour.*

Na base do memorial, alguém colocou duas balas de canhão, uma com o nome do Bastião "Malakoff" (Malakhov), capturado pelos franceses durante o cerco de Sebastopol, a

[1] Este texto foi extraído da introdução de *The Crimean War: A History* (Londres, Picador, 2012), publicado no Brasil em tradução de Alexandre Martins (*Crimeia: a história da guerra que redesenhou o mapa da Europa no século* XIX, Rio de Janeiro, Record, 2018). (N. da E.)

base naval russa na Crimeia, a outra com o nome "Sebastopol". Milhares de soldados britânicos e franceses repousam em túmulos sem identificação e há muito abandonados na Crimeia.

Na própria Sebastopol há centenas de memoriais, muitos deles no cemitério militar (*bratskoe kladbische*), um dos três enormes campos-santos criados pelos russos durante o cerco, onde repousam chocantes 127.583 homens mortos na defesa da cidade. Os oficiais têm túmulos individuais com seus nomes e regimentos, mas os soldados comuns estão enterrados em covas coletivas com cinquenta ou cem homens. Entre os russos há soldados vindos da Sérvia, Bulgária ou Grécia, seus correligionários da igreja oriental, em resposta à convocação feita pelo tsar aos ortodoxos para que defendessem sua fé.

Uma pequena placa, quase invisível, na grama alta onde quinze marinheiros estão enterrados, celebra seu "sacrifício heroico durante a defesa de Sebastopol em 1854-55":

Eles morreram pela pátria, pelo tsar e por Deus.

Em outros pontos de Sebastopol há "chamas eternas" e monumentos aos soldados desconhecidos e não contados que morreram lutando pela cidade. Estima-se que um quarto de milhão de soldados, marinheiros e civis russos está enterrado em covas coletivas nos três cemitérios militares de Sebastopol.

Duas guerras mundiais obscureceram a gigantesca escala e o enorme custo em vidas humanas da Guerra da Crimeia. Hoje ela nos parece uma guerra relativamente menor; está quase esquecida, como as placas e lápides naqueles cemitérios. Mesmo nos países que tomaram parte nela (Rússia, Grã-Bretanha, França, Piemonte-Sardenha, na Itália, e o Império Otomano, incluindo aqueles territórios que posteriormente seriam a Romênia e a Bulgária), não há muitas pessoas hoje que possam dizer sobre o que foi a Guerra da Crimeia. Mas para nossos ancestrais, antes da Primeira Guerra Mundial, a Crimeia foi o maior conflito do século XIX, a guerra mais importante de suas vidas, assim como as guerras mundiais do século XX são os marcos históricos dominantes de nossas vidas.

As baixas foram imensas — pelo menos 750 mil soldados mortos em batalhas ou por doenças, dois terços deles, russos. Os franceses perderam em torno de 100 mil homens, os britânicos uma pequena parcela desse número, cerca de 20 mil, porque enviaram muito menos soldados (98 mil soldados e marinheiros britânicos se envolveram na Crimeia, em comparação com 310 mil franceses). Mas ainda assim, para uma pequena comunidade agrícola como Witchampton, a perda de cinco homens capazes foi sentida como um golpe violento. Nas paróquias de Whitegate, Aghada e Farsid, no condado de Cork, na Irlanda, onde o exército britânico recrutou em peso, quase um terço da população masculina morreu na Guerra da Crimeia.

Ninguém contou as baixas civis: vítimas dos bombardeios; pessoas morrendo de fome em cidades sitiadas; populações devastadas por doenças transmitidas pelos exércitos, comunidades inteiras varridas nos massacres e nas campanhas organizadas de limpeza étnica que acompanharam a luta no Cáucaso, nos Bálcãs e na Crimeia. Essa foi a primeira "guerra total", uma versão do século XIX das guerras de nossa própria época, envolvendo civis e crises humanitárias.

Também foi o primeiro exemplo de uma guerra verdadeiramente moderna — travada com novas tecnologias industriais, rifles modernos, navios a vapor e ferrovias, novas formas de logística e comunicação como o telégrafo, importantes inovações na medicina militar e repórteres e fotógrafos de guerra diretamente no local. No entanto, foi a última guerra travada segundo os velhos códigos de cavalaria, com "parlamentários" e tréguas para retirar mortos e feridos dos campos da morte. As primeiras batalhas na Crimeia, no rio Almá e em Balaclava, onde aconteceu a famosa Carga da Brigada Ligeira,[2] não foram muito diferentes do tipo de luta travada nas guerras napoleônicas. Mas o cerco de Sebastopol, a fase mais longa e crucial da Guerra da Crimeia, foi um precursor da industrializada guerra de trincheiras de 1914-18. Durante os onze meses e meio do cerco, 120 quilômetros de trincheiras foram cavados por russos, britânicos e franceses; 150 milhões de tiros e 5 milhões de bombas e obuses de diferentes calibres foram trocados entre os dois lados.

O nome Guerra da Crimeia não reflete sua escala global e o enorme significado para a Europa, a Rússia e aquela região do mundo — se estendendo dos Bálcãs a Jerusalém, de Constantinopla ao Cáucaso — do que acabou sendo conhecido como "Questão Oriental", o grande problema internacional criado pela desintegração do Império Otomano. Talvez fosse melhor adotar o nome russo para a Guerra da Crimeia, a "Guerra Oriental" (*Vostótchnaia Voiná*), que ao menos tem o mérito de relacioná-la à Questão Oriental, ou mesmo "Guerra Turco-Russa", seu nome em muitas fontes turcas, que a coloca no contexto histórico mais amplo de séculos de conflitos entre russos e otomanos, embora isso omita o fator crucial da intervenção ocidental na guerra.

A guerra começou em 1853 entre forças otomanas e russas nos principados de Moldávia e Valáquia, no Danúbio, território da atual Romênia, se espalhou para o Cáucaso, onde turcos e britânicos encorajaram e apoiaram a luta das tri-

[2] Assim ficou conhecido um dos episódios mais desastrosos da história militar britânica, transcorrido em 25 de outubro de 1854, durante a batalha de Balaclava. O evento foi imortalizado no poema *The Charge of the Light Brigade*, de Alfred Tennyson. (N. da E.)

bos muçulmanas contra a Rússia, e de lá para outras regiões do mar Negro. Em 1854, com a intervenção de britânicos e franceses do lado da Turquia, e os austríacos ameaçando se unir a essa aliança antirrussa, o tsar retirou suas forças dos principados, e a luta se transferiu para a Crimeia. Mas houve vários outros teatros de guerra em 1854-55: no mar Báltico, onde a Marinha Real britânica planejava atacar São Petersburgo, a capital russa; no mar Branco, onde ela bombardeou o mosteiro de Soloviétski em julho de 1854; e mesmo no litoral da Sibéria, no Pacífico.

A escala global da luta teve correspondência na diversidade de povos [e personagens] envolvidos [...] nenhum deles mais importante para a história do ponto de vista russo do que Lev Tolstói, que serviu como oficial em três diferentes frentes da Guerra da Crimeia (Cáucaso, Danúbio e Crimeia).

* * *

Há muito negligenciada e frequentemente ridicularizada pelos acadêmicos, a Guerra da Crimeia foi deixada principalmente nas mãos dos historiadores militares britânicos, muitos deles amadores entusiasmados, que constantemente recontaram as mesmas histórias (a Carga da Brigada Ligeira, a incompetência dos comandantes ingleses, Florence Nightingale),[3] com muito pouca discussão real das origens religiosas da guerra, da política complexa da Questão Oriental, das relações entre cristãos e muçulmanos na região do mar Negro ou da influência da russofobia europeia, sem as quais é difícil compreender o verdadeiro significado do conflito.

A Guerra da Crimeia foi um divisor de águas crucial. Ela rompeu a aliança conservadora entre Rússia e Áustria

[3] Ícone da Era Vitoriana, Florence Nightingale (1820-1910) é considerada a fundadora da enfermagem moderna, tendo servido como chefe das enfermeiras inglesas durante a Guerra da Crimeia. (N. da E.)

que havia sustentado a ordem existente no continente europeu, permitindo o surgimento de nações-Estado na Itália, na Romênia e na Alemanha. Deixou os russos com um profundo ressentimento do Ocidente, uma sensação de traição pelos outros Estados cristãos terem se aliado aos turcos, e com ambições frustradas nos Bálcãs que continuariam a desestabilizar as relações entre as potências nos anos 1870 e a produzir as crises que levaram à eclosão da Primeira Guerra Mundial. Foi o primeiro grande conflito europeu a envolver os turcos, se descontarmos sua breve participação na Revolução Francesa e nas guerras napoleônicas. Abriu o mundo muçulmano do Império Otomano aos exércitos e tecnologias ocidentais, acelerando sua integração à economia capitalista global, e deflagrou uma reação islâmica contra o Ocidente que dura até hoje.

Cada potência entrou na Guerra da Crimeia por seus próprios motivos. Nacionalismo e rivalidades imperiais se combinaram com interesses religiosos. Para os turcos, era uma questão de lutar por seu império que desmoronava na Europa, defender sua soberania imperial contra as alegações da Rússia de representar os cristãos ortodoxos do Império Otomano, e de deter a ameaça de uma revolução islâmica e nacionalista na capital turca. Os britânicos alegaram ter ido à guerra para defender os turcos da agressão russa, mas na verdade estavam mais preocupados em desferir um golpe no Império Russo, que eles temiam como rival na Ásia, e em usar a guerra para fortalecer seus próprios interesses religiosos e de livre-comércio no Império Otomano. Para o imperador da França, Napoleão III, a guerra era uma oportunidade de devolver a França a uma posição de respeito e influência no exterior, se não à glória do reinado de seu tio, e talvez de redesenhar o mapa da Europa como uma família de Estados-nações liberais ao estilo imaginado por Napoleão I — embora a influência dos católicos sobre seu regime fraco também o tivesse impelido para a guerra contra os russos por princípios religiosos. Para britânicos e franceses, essa era uma cruzada pela defesa da liberdade e da civilização europeia contra a ameaça bárbara e despótica da Rússia, cujo expansionismo agressivo representava uma ameaça real não apenas ao Ocidente, mas a toda a cristandade. Quanto ao tsar Nicolau I, o homem que, mais do que ninguém, foi responsável pela Guerra da Crimeia, este foi movido em parte por orgulho e arrogância demasiados, resultado de ter sido tsar por 27 anos, em parte por sua noção de como uma grande potência como a Rússia deveria se comportar em relação a seus vizinhos mais fracos, e em parte por um erro de cálculo grosseiro sobre como as outras potências iriam reagir a seus atos; mas acima de tudo ele acreditava estar travando uma guerra religiosa, uma cruzada, para cumprir a missão da Rússia de defender os cristãos do Império Otomano. O tsar jurou conquistar todo o mundo de acordo com o que acreditava ser sua missão sagrada de estender o império dos ortodoxos até Constantinopla e Jerusalém.

Os historiadores tenderam a negar os motivos religiosos da guerra. Poucos dedicam mais de um parágrafo ou dois à disputa na Terra Santa — uma rivalidade entre católicos, ou latinos (apoiados pela França), e gregos (sustentados pela Rússia) sobre quem deveria ter o controle da Basílica do Santo Sepulcro, em Jerusalém, e da Basílica da Natividade, em Belém —, embora esse fosse o ponto inicial (e, para o tsar, causa suficiente) da Guerra da Crimeia. Até as guerras religiosas de nossa própria época parecia implausível que uma divergência mesquinha sobre as chaves de um templo pudesse envolver as grandes potências em uma grande guerra. Em algumas histórias, a disputa na Terra Santa é usada para exemplificar a natureza absurda dessa guerra "tola" e "desnecessária". Em outras, surge como não mais que o estopim da verdadeira causa da guerra: a luta das potências europeias por influência no Império Otomano. Guerras são causadas por rivalidades imperiais, argumenta-se nessas histórias, por disputa por mercados ou pela influência do nacionalismo doméstico. Embora tudo isso seja verdade, subestima-se a importância da religião no século XIX (se as guerras dos Bálcãs dos anos 1990 e o surgimento do islã militante nos ensinaram algo, certamente foi que a religião desempenha um papel vital para alimentar guerras). Todas as potências usaram a religião como vantagem estratégica na Questão Oriental, política e fé estavam intimamente ligadas nessa rivalidade imperial, e todo país, nenhum mais que a Rússia, foi à guerra na crença de que Deus estava do seu lado.

TOLSTÓI EM SEBASTOPOL[1]

Iulián Odakhóvski

Em 1855, após a batalha de Inkerman,[2] nossa bateria (a 3ª bateria ligeira da 11ª Brigada de Artilharia), que participara dessa batalha, foi transferida para Belbek (a 15-20 verstas de Sebastopol), e estava na força de reserva quando lá chegou, com o posto de tenente, o conde L. N. Tolstói, a quem vim a encontrar pela primeira vez ali (é claro que, antes, como outros oficiais, eu já tinha ouvido falar do escritor Tolstói e lido suas obras). O comandante da 3ª bateria era então o capitão Filimónov[3] (mais tarde ele seria chefe de ar-

[1] Iulián Odakhóvski (1823-1904) conviveu sete meses com Tolstói durante a Guerra da Crimeia. Suas lembranças sobre o escritor foram registradas em 1898 por A. V. Jirkevitch e depois publicadas na revista *Arauto da História* (*Guistoritcheskii Viéstnik*, 1908, nº 1). Tolstói não gostava de Odakhóvski, a quem, ainda em seu diário de guerra, descrevera como "um polaquinho vil e sorrateiro" (entrada de 23 de janeiro de 1855). Quando da publicação destas memórias, o escritor queixou-se a Jirkevitch: "É impressionante que ele tenha esquecido tantas coisas, e mais impressionante ainda que tenha se convencido de coisas que nunca existiram. Anotei os enganos na margem do manuscrito". Esses comentários de Tolstói, quando pertinentes, foram reproduzidos em notas de rodapé. A tradução é de Danilo Hora. (N. do T.)

[2] Uma das maiores batalhas da Guerra da Crimeia, travada em 5 de novembro de 1854, logo antes do início do cerco a Sebastopol. (N. do T.)

[3] Vassíli Filimónov (1817-1891), que, aparentemente, era também um desafeto de Tolstói. Em seu diário, Tolstói descreve-o como "a criatura mais imunda que se pode imaginar" e diz nunca ter visto nada mais in-

tilharia do distrito militar de Odessa) e, na bateria, além de mim (eu era primeiro-tenente), entre os oficiais que o conde Tolstói conheceu estavam: o subtenente Protsenko (retratado por Tolstói, no texto "Sebastopol em agosto de 1855", na figura do oficial que descobre que todas as peças de artilharia de Sebastopol estavam "em desacordo com as regras"),[4] o sargento Balákchi, o tenente Borissiênko, o oficial-superior da 1ª divisão da bateria, capitão Broniêvski, e o subtenente Demianóvitch. Depois, no hospital, já ferido,[5] o conde Tolstói conheceu o tenente Kretchínski, que fora gravemente ferido na batalha de Inkerman, motivo por que não o encontrara em Belbek.

O estacionamento em Belbek foi muito enfadonho. A bateria sofrera grandes perdas na batalha de Inkerman, e ficou ociosa. Cada oficial tinha sua própria caserna, de tábuas pregadas às pressas pelos soldados. Almoçávamos todos juntos, conforme o costume, na caserna do capitão Filimónov, comandante da bateria. O excesso de tempo livre fez com que todos se conhecessem melhor, se aproximassem, e o recém-chegado conde Tolstói logo se tornou a alma do nosso pequeno círculo.

Tolstói não tinha uma bela aparência; o que lhe estragava, em especial, eram as orelhas imensas que se projetavam para os lados. Mas seu discurso era muito bom, ágil, espirituoso, e cativava todos os ouvintes durante as conversas e discussões.

Tolstói nos enfrentou muitas vezes no carteado, mas perdia constantemente. Para ele, porém, jogar era algo sem im-

capaz do que a 11ª Brigada de Artilharia (entrada de 23 de janeiro de 1855). (N. do T.)

[4] Ver p. 157 desta edição. (N. do T.)

[5] Ao que se sabe, Tolstói nunca foi ferido durante a Guerra da Crimeia. (N. do T.)

portância, "melhor que não fazer nada", já que só tomavam parte no jogo os oficiais da bateria. Tolstói jogava à noite e passava o dia em sua caserna escrevendo: muitas vezes eu fui à sua caserna e o surpreendi em pleno trabalho literário, mas nós nunca conversamos sobre esse trabalho. Depois do almoço com Filimónov, Tolstói costumava se dedicar a uma jogatina qualquer, inventava passatempos e pilhérias. Foi por iniciativa dele, por exemplo, que começamos a jogar "palta" (algo como o jogo da bugalha). Depois ele inventou um jogo peculiar: um por vez, nós tínhamos que nos manter numa só perna sobre alguma das estacas que fixavam a tenda, e quem conseguisse ficar mais tempo na estaca (nós estabelecíamos um número de minutos e contávamos "um, dois, três...") recebia as prendas — pães de mel, laranjas etc. Tolstói era tão capaz de cativar a todos com suas traquinadas,[6] que o próprio capitão Filimónov, o imenso e desajeitado comandante da bateria (preocupado sobretudo em encher os bolsos com o dinheiro da aveia e do feno), subiu conosco na estaca, e depois ficou se perguntando como tal coisa pôde acontecer com ele, o comandante da bateria.

O conde Tolstói era muito querido por todos em razão de seu temperamento. Não era orgulhoso, mas acessível; com os oficiais ele convivia em clima de camaradagem, mas estava sempre envolvido em conflitos com a chefia (embora não tenha tido grandes embates em Belbek) e estava sempre em busca de dinheiro, que era esbanjado nas cartas. Ele me contou que dissipara toda a sua fortuna enquanto servia no Cáu-

[6] Neste trecho, na margem do manuscrito, Tolstói fez anotações como: "Nada disso aconteceu", ou: "É a primeira vez que ouço isto", embora entradas de seu diário confirmem os episódios relatados por Odakhóvski. Por exemplo, em 12 de março de 1855: "De manhã escrevi [...] depois joguei bugalha...". (N. do T.)

caso, e que agora recebia um subsídio de sua tia, a condessa Tolstáia.

De tempos em tempos Tolstói vivenciava momentos de tristeza, de melancolia, durante os quais evitava nossa companhia. Isto nos períodos em que decidia dedicar-se intensamente à escrita, ou quando recebia dinheiro.

Nós estivemos em Belbek por um período relativamente breve — de 24 de outubro a 27 de março; lá comemoramos o Ano-Novo e fizemos o juramento.[7] Depois fomos transferidos para Sebastopol, quando estava em curso o cerco à cidade. As doze peças de artilharia da nossa bateria foram dispostas da seguinte forma: quatro foram posicionadas no reduto do Iazon, e as oito restantes ficaram na reserva, na Gráfskaia, para o caso de haver excursões. O conde Tolstói e eu ficamos na reserva — ou seja, inativos.[8] Os oficiais da bateria, incluindo Tolstói, foram alojados em apartamentos individuais na rua Ekaterínskaia, perto do cais principal.

Logo o capitão Filimónov foi designado para a banda Norte, para comandar todas as baterias de lá, e eu fiquei responsável pelas armas, pelos oficiais e pelos soldados de baixa patente que ficaram. Assim, a alimentação dos oficiais e dos homens da bateria ficou sob minha responsabilidade; Filimónov continuou responsável pelo feno e a aveia dos cavalos da 3ª bateria (assim ele continuaria a receber os rendimentos). Passei a alimentar os oficiais da bateria às minha próprias custas (nesse quesito, evidentemente, eu não tinha como me comparar ao capitão Filimónov, que, como eu disse, tinha a

[7] Em março de 1855 todos os soldados tiveram que jurar lealdade ao novo tsar, Alexandre II, que subiu ao trono após a morte de Nicolau I. (N. do T.)

[8] Na verdade, mesmo estando na reserva, Tolstói foi muitas vezes ao quarto bastião. (N. do T.)

sua própria "renda adicional"). Todos os dias reuniam-se em meu apartamento o conde Tolstói e outros oficiais liberados do serviço (plantões e surtidas), embora fossem raros os dias em que nos reuníamos todos. Esses almoços uniram o nosso grupo. Meu ordenança preparava bem o almoço. Após o almoço tinham início animadas conversas, discussões e brincadeiras. Vinham também oficiais de fora, como, por exemplo, o conde Tottleben, que era então um mero tenente-coronel engenheiro. O conde Tolstói e os outros atacavam Tottleben, criticando as fortificações erguidas por ele e os engenheiros (por exemplo, o reduto Iazon, que achavam estar muito avançado); Tottleben, por sua vez, atacava os artilheiros e criticava suas ações. Tais disputas transcorriam em tom pacífico e amigável. À hora do almoço, ouvíamos as notícias de Sebastopol e o conde Tolstói reunia material para sua próxima obra. Em meu apartamento havia um piano de cauda. De costume, depois de comermos bem e bebericarmos vodca, o conde Tolstói se sentava ao piano e cantava cançonetas satíricas que ele mesmo compunha, contava anedotas, lia-nos poemas que havia composto sobre as questões do dia e sobre a chefia, inventava novos jogos e passatempos, contava de suas peripécias. Assim como antes, em Belbek, ele era a alma do nosso grupo.

O estacionamento da bateria na reserva era algo que visivelmente atormentava o conde Tolstói: com frequência ele saía, sem permissão da chefia, em excursões com outros destacamentos, apenas por curiosidade, por ser amante das fortes sensações e talvez para estudar o cotidiano dos soldados e da guerra, e depois contava-nos em pormenores sobre as ações em que participara.

Às vezes Tolstói desaparecia — e só depois nós ficávamos sabendo que estivera em excursões como voluntário ou perdendo nas cartas. E ele penitenciava seus pecados diante de nós.

Com frequência Tolstói dava aos camaradas uma folha de papel em que rabiscara apenas as rimas finais de um poema, para que escolhêssemos as palavras iniciais, que faltavam. Acabava que o próprio Tolstói as completava, dando-lhes, por vezes, um sentido bastante censurável. Era em jogos como esse que matávamos o tempo após o almoço em companhia de Tolstói.

Os versos que eu te dei, Aleksandr Vladímirovitch, foram transcritos das palavras de Tolstói por mim e outros oficiais da nossa bateria — no meu apartamento, após o almoço. Os versos "Porque fácil não foi no 4 de agosto a montanha ocupar" foram compostos pelo conde Tolstói em Sebastopol e trazidos para nós, e então, diante dos meus olhos, ele os leu cinco vezes para todos os presentes.[9] Às vezes, depois de transcrever seus versos, nós os levávamos a Tolstói e ele os corrigia e depois os distribuía entre os círculos militares. A chefia sabia que aquelas cançonetas satíricas dos soldados (nas quais figuravam todos os generais) eram escritas por Tolstói, mas ninguém o incomodava. Eu tinha muitos versos de Tolstói, alguns escritos de seu próprio punho, mas estes eram de conteúdo liberal; a insurreição de 1863[10] forçou-me a queimá-los, por precaução, e até hoje me arrependo disso.

Nessa época o conde Tolstói estava escrevendo "Sebastopol em agosto" e "Sebastopol em maio". Não sei o que

[9] Os versos em questão ("*Kak tchetviórtogo tchislá nas neliógkaia nieslá gôri zanimát*") foram provavelmente compostos a várias mãos sobre uma melodia popular. Trata-se de uma canção que, na linguagem peculiar dos soldados, satiriza os altos comandantes do exército russo pelo fiasco tático que foi a condução da batalha do rio Tchórnaia, em 4 de agosto de 1855. Em cartas da época, Tolstói reconhece ter escrito este e outros versos satíricos, mas nega que os tenha divulgado entre os soldados. (N. do T.)

[10] Trata-se da Revolta de Janeiro (1863-1864), a mais longa insurreição dos poloneses contra o Império Russo. (N. do T.)

aconteceu com "Sebastopol em maio", mas o conto foi assunto entre os oficiais na cidade.[11]

Dos oficiais de fora da nossa bateria, estavam sempre em minha casa (nos almoços), ou na casa do conde Tolstói, o príncipe Mescherski, oficial de Estado-Maior, e Bakunin,[12] que também já integrava o Estado-Maior, no quartel do conde Osten-Sacken. A irmã de Bakunin era uma irmã de misericórdia, e mais tarde eu a vi ferir-se durante uma explosão. De acordo com as palavras de Tolstói, Bakunin também transcrevia poemas seus.

Pouco depois, fui obrigado a parar de oferecer almoços: durante o bombardeio de onze dias em Sebastopol, uma bomba perdida entrou no meu apartamento, destruindo o piano que Tolstói tocava e a cozinha inteira. Por sorte, na hora não havia ninguém lá dentro.[13]

Em Sebastopol o conde Tolstói passou a ter conflitos intermináveis com a chefia. Ele era um homem a quem muito custava fechar todos os botões do uniforme e abotoar o colarinho, um homem que não reconhecia a autoridade e a disciplina. Qualquer comentário de um superior provocava imediatamente uma insolência ou alguma piada cáustica, ofensiva, da parte de Tolstói.

Assim que o conde Tolstói chegou do Cáucaso, o general Kryjanóvski, chefe de Estado-Maior de toda a artilharia de Sebastopol (mais tarde, governador-geral), nomeou-o comandante da bateria de montanha. Tal nomeação foi um erro grosseiro, já que Lev Nikoláievitch não só tinha pouco

[11] Na época, esse conto foi publicado, de forma anônima e completamente desfigurado pela censura, na revista *O Contemporâneo* sob o título "Uma noite de primavera do ano de 1855 em Sebastopol". (N. do T.)

[12] Aleksandr Bakunin (1821-1908), irmão do revolucionário anarquista Mikhail Bakunin. (N. do T.)

[13] Nota de Tolstói: "Não me lembro". (N. do T.)

conhecimento do serviço, como não tinha como ser comandante de uma unidade destacada: nunca servira por muito tempo em lugar algum, estava sempre perambulando e preocupava-se mais consigo e sua literatura do que com o serviço. Essa nomeação fez com que nos separássemos.

Foi nessa época, em que comandou a bateria de montanha, que Tolstói teve seu primeiro embate sério com a chefia. A questão era que, de acordo com o costume da época, as baterias eram entidades lucrativas, e seus comandantes embolsavam tudo o que sobrava da forragem. Ao tornar-se comandante de bateria, Tolstói resolveu lançar como lucro tudo o que restou da forragem da bateria. Os outros comandantes, que sentiram o prejuízo em seus bolsos e a decepção nos olhos de seus superiores, revoltaram-se: nunca antes houvera excedente algum, e este não tinha direito de existir agora... Partiram para cima de Tolstói. O general Kryjanóvski convocou-o e passou-lhe uma reprimenda. "O que foi inventar, conde?", disse ele, "o governo arranjou as coisas desse modo para benefício do senhor. Pois o senhor vive de soldo. Caso haja escassez na bateria, como o senhor irá abastecê-la? É por isso que todos os comandantes devem ficar com os excedentes. O senhor desapontou a todos." "Não vejo necessidade de manter comigo esse excedente", Tolstói respondeu em tom ríspido, "não é dinheiro meu, é do governo." Depois de tudo explicar-lhe com estrondo, Kryjanovski tirou a bateria de montanha do conde Tolstói.[14]

Depois de devolver a bateria, Tolstói teve que se reportar ao general Scheidemann, chefe de toda a artilharia de Sebastopol. (Foi sobre ele que Tolstói escreveu em seu poema, emulando o linguajar dos soldados: "E quando o Scheide-

[14] Nota de Tolstói: "Injusto. Fui comandante até o fim". Segundo os documentos oficiais, Tolstói ocupou esse posto de 15 de maio a 11 de agosto de 1855. (N. do T.)

mann, general, quis afundar os canhões no mar... Nem um pouco fundo não foi").[15] Lev Nikoláievitch não teve pressa alguma de se reportar, e, quando se reportou (isto foi depois da retirada da banda Sul para a Norte), o general Scheidemann atacou-o com as palavras: "Por que se atrasou tanto? Devia ter se reportado antes". E Tolstói, sem se envergonhar, respondeu: "Eu estava cruzando o rio, Excelência... E pensava se era preciso afundar as armas" — uma alusão às ações de Scheidemann.[16]

Tolstói teve muitos embates desse tipo; ele próprio nos contava, ou então os oficiais nos repassavam.

A estima que todos em Sebastopol tinham por Lev Nikoláievitch pode ser medida pelo seguinte episódio: um dia, à minha mesa de almoço, na rua Ekaterínskaia, na presença do conde Tolstói, eu fiz o seguinte brinde aos nossos colegas: "Cavalheiros! Prometamos não voltar a jogar com Tolstói! Ele sempre perde. Perdão, companheiro!". A isso Tolstói respondeu serenamente: "Pois eu continuarei perdendo em outro lugar". E ele, de fato, assim que deixamos de jogar com ele, passou a ir à cidade para jogar com os artilheiros e cavalariços, e depois vinha nos contar que havia perdido.

Tolstói era um peso nas costas dos comandantes de bateria, e por isso estava sempre liberado do serviço: não podia ser enviado em missão alguma. Não foi enviado às trincheiras; não participou da ação nas minas. Parece que recebeu uma única condecoração militar em Sebastopol, embora fosse valente e tenha participado de muitas ações como voluntário. Tolstói não se metia com os "aristocratas", adorava

[15] Odakhóvski conta que, durante a retirada da banda Sul para a Norte, Scheidemann foi encarregado de atirar noventa canhões ao mar para que não caíssem nas mãos do inimigo. Mas ele não os atirou muito fundo, de modo que todos foram recuperados. (N. do T.)

[16] Nota de Tolstói: "Nada disso aconteceu". (N. do T.)

falar com sabedoria e de coração; evitava os camaradas "limitados", como Protsenko. Com os soldados ele conviveu pouco, e estes mal o conheciam. Mas às vezes ele ousava dizer aos soldados: "Por que anda por aí desabotoado?" (eu mesmo era liberal a esse respeito). Por suas maneiras, Lev Nikoláievitch punha-se em pé de igualdade com todos, embora não fizesse amizade com ninguém; estava disposto a compartilhar tudo com os camaradas; gostava de beber, mas nunca se embebedava. Nós conversávamos com frequência, sobre vários assuntos; ele era um verdadeiro homem russo; amava sua fé e sua língua-mãe, e em cada homem via antes de tudo um homem. Tolstói deixava-nos impressionados com seu conhecimento de línguas. Pelas conversas que tivemos, creio que até polonês ele falava.[17]

Tive contato com o conde Tolstói por, ao todo, sete meses — um período de tempo em que, nas condições de Sebastopol, era possível conhecer bem um camarada.

[17] Nota de Tolstói: "Não sei falar polonês". (N. do T.)

PREFÁCIO A *MEMÓRIAS DE UM OFICIAL DA ARTILHARIA EM SEBASTOPOL*[1]

Lev Tolstói

A. I. Erchov enviou-me seu livro *Memórias de Sebastopol* e pediu-me que o lesse e expusesse as impressões despertadas pela leitura.

Li o livro e quero muito expor as impressões que essa leitura me deixou, pois são impressões muito fortes. Eu revivi com o autor a minha experiência de 34 anos atrás. Tanto a experiência daquilo que o autor descreve — os horrores da guerra —, quanto daquilo que o autor quase não descreve: o estado de espírito experimentado naquela ocasião.

Um rapaz recém-saído da escola militar vai parar em Sebastopol. Alguns meses atrás, esse rapaz era alegre, feliz, como são felizes as moças no dia seguinte ao casamento. Parece que foi ontem que ele mandou reformar o uniforme de oficial, no qual um alfaiate experiente pôs algodão sob as axilas, afrouxando o tecido grosso e os ombros, para esconder, caso preciso, o peito de criança, ainda jovem e pouco desenvolvido, e dar-lhe um aspecto viril; ainda ontem ele mandou reformar seu uniforme e foi ao barbeiro, que enro-

[1] Em 1889, Lev Tolstói aceitou o convite de Andrei Erchov, seu companheiro na defesa de Sebastopol, para escrever um prefácio ao seu livro de memórias sobre a guerra. Entretanto, o prefácio nunca foi enviado a Erchov, embora as diversas variantes do texto deem prova de que Tolstói empenhou-se em escrevê-lo. Sua primeira publicação se deu em 1902 no panfleto *Protiv voiny* (*Contra a guerra*), editado por Vladímir Tchertkov na Inglaterra. (N. do T.)

lou suas mechas com pomada e realçou com fixador o bigode incipiente, e, fazendo estrondar, escada abaixo, o sabre em sua bainha dourada, ele saiu à rua com o quepe de lado. Já não é ele quem precisa olhar em volta para não deixar de saudar um oficial, mas são os de patente inferior que veem-no de longe, ao que ele toca a viseira com ar desatento, ou então comanda: "Descansar!". Ainda ontem, um general, seu chefe, falou-lhe com gravidade, como a um igual, e ele certamente visualizava uma brilhante carreira militar para si. Parece que ontem mesmo a sua babá ficou surpresa com sua aparência, e a mãe se emocionou e chorou de alegria, beijando-o, acariciando-o, e ele se sentiu bem, mas teve vergonha; ainda ontem ele se encontrou com uma moça encantadora; falaram de trivialidades, ambos apertando os lábios num sorriso contido; e ele sabia que ela, e não apenas ela, mas centenas de outros, e mil vezes mais que ela, poderiam e deveriam amá-lo. Parece que tudo isso foi ontem. E talvez tudo isso tenha sido de uma banalidade e de uma vaidade risíveis, mas foi tudo inocente, e por isso terno. E agora ele está em Sebastopol. E de repente ele vê que algo não está certo, que algo não está sendo feito certo, de modo algum. O chefe calmamente lhe diz que ele próprio, a quem sua mãe tanto ama, uma pessoa de quem não só ela, mas todos sempre esperaram tantas coisas boas, que ele, com a sua única, incomparável beleza de corpo e de alma, irá para o lugar onde matam e aleijam as pessoas. O chefe não nega que ele seja aquele mesmo rapaz a quem todos amam, a quem não se pode deixar de amar, alguém cuja vida é mais importante para ele do que qualquer outra coisa no mundo — isso ele não nega, embora diga calmamente: "Vá e deixe que te matem". Seu coração se contrai duas vezes de medo: o medo da morte e o medo da vergonha, e, fingindo que lhe é indiferente ir de encontro à morte ou ficar, ele se apronta, afetando interesse pelo motivo por que está indo, pela sua cama de campanha e seus utensílios. Ele vai até o lugar onde matam, e vai esperando que estejam apenas dizendo que ali matam, mas que no fundo não seja nada disso e que de alguma forma as coisas aconteçam de outro jeito. Mas basta passar meia hora nos bastiões para ver que aquilo, no fundo, é ainda mais terrível, mais insustentável do que ele imaginava. Bem diante de seus olhos, um homem irradia alegria, medra bom humor. Mas então vem uma pancada, e esse mesmo homem cai sobre os excrementos de outras pessoas, e o que resta é um sofrimento terrível, o arrependimento e a condenação de tudo quanto ali se faz. É pavoroso, mas não é preciso olhar, não é preciso pensar. Só que é impossível não pensar. Esta foi a vez dele, logo será a minha. Como pode isso? Por quê? E como pode que seja eu, eu próprio, que lá era tão bom, tão gentil, tão querido, e não só pela babá, não só pela mamãe, não só por *ela*, mas por tantas e tantas pessoas, quase todas? Como eu era querido já na estação, e como todos me amavam, e como nós rimos, e como se alegraram comigo, e me deram uma bolsinha de tabaco. E, de repente, aqui, não só não há bolsinha nenhuma, como não há uma pessoa a quem interesse quando e como irão aleijar este meu corpo inteiro, estas pernas, estes braços, matar-me, como mataram aquele ali. Não interessa a ninguém se hoje mesmo eu estiver entre esses milhares; pelo contrário, é até como se fosse desejável. Sim, eu, justamente eu, não sou necessário a ninguém aqui. E, se não sou necessário, por que então estou aqui? — ele se pergunta, e não encontra resposta. Bom seria se alguém me explicasse o porquê de tudo isso, ou, mesmo que não explicasse, que ao menos dissesse algo encorajador. Mas ninguém nunca diz nada do tipo. Pois parece que isso não pode ser dito. Que seria extremamente reprovável dizê-lo. E é por isso que ninguém diz. Então por que, por que estou aqui? — o rapaz brama apenas para si, e tem vontade de chorar. E não há resposta, há apenas um doloroso aperto no coração. Mas então se aproxima o sargento ajudante, e ele finge indiferença. O tempo passa. Os outros observam-no, ou lhe parece que os outros observam-no, e ele faz todos os esforços para não se cobrir de vergonha. E para não se cobrir de vergonha, é preciso fazer como os outros: não pensar, e fumar, beber, pilheriar e esconder-se. E assim passa-se um dia, e o seguinte, e o terceiro, e toda uma semana... E o rapaz se habitua a esconder o medo e sufocar os pensamentos. E o pior de tudo, para ele, é que só ele não sabe por que está nesta situação pavorosa; os outros, parece que sabem de alguma coisa, e ele tem vontade de incitá-los a serem francos. Ele acha que seria mais fácil se todos admitissem que estão na mesma situação pavorosa. Mas acaba sendo impossível incitar a franqueza dos outros a esse respeito; é como se os outros, assim como ele, tivessem medo de falar sobre isso. Não se pode falar sobre isso. É preciso falar sobre escarpas, contraescarpas, cerveja pórter, patentes, rações e baralho — sobre isso se pode falar. E assim os dias passam, o rapaz se acostuma a não pensar, não perguntar e não falar sobre aquilo que está fazendo, mas sem deixar de sentir que o que está fazendo é algo completamente contrário a toda a sua essência. Isto continua ao longo de sete meses, e o rapaz não foi morto, nem aleijado, e a guerra chegou ao fim.

A terrível tortura moral chegou ao fim. Ninguém soube o quanto ele teve medo, o quanto quis ir embora, sem entender por que permaneceu ali. Enfim é possível respirar, recompor-se e refletir sobre o que aconteceu. E o que foi que aconteceu? Aconteceu que ao longo de sete meses eu tive medo e me atormentei, escondendo de todos o meu tormento. Não houve qualquer façanha, isto é, um feito do qual eu pudesse me orgulhar, ou, ao menos, que fosse agradável recordar. A minha façanha resume-se a eu ter sido bucha de canhão, ter passado muito tempo num lugar onde as pessoas eram atingidas na cabeça, no peito, nas costas e em todas as partes do corpo. Mas essa é a minha causa individual. Ela pode não ter sido excepcional, porém eu participei da causa comum. Causa comum? Mas o que isso quer dizer? Dezenas de milhares de pessoas foram mortas. Ora, e o que tem isso? Sebastopol, aquela Sebastopol que nós defendemos, foi rendida e teve sua frota afundada, capitulou, a frota foi afundada, as chaves do templo de Jerusalém permaneceram com aqueles que as tinham, e a Rússia mirrou. E então? Será que a única conclusão é a de que minha estupidez e juventude fizeram-me ir parar naquela situação pavorosa e desesperadora, na qual permaneci por sete meses e da qual, graças à minha juventude, não consegui sair? Será que é apenas isso?

O rapaz se encontra na posição mais favorável para chegar a essa inevitável conclusão lógica: em primeiro lugar, a guerra terminou vergonhosamente e nada pode justificá-la (não houve a libertação da Europa, nem dos búlgaros, nem nada do tipo); em segundo lugar, o rapaz não pagou à guerra um tributo tão alto quanto se aleijar por toda a vida, em cujo caso seria difícil admitir que as causas da guerra foram um erro. O rapaz não recebeu nenhuma honraria especial cuja renúncia seria equivalente a renunciar à própria guerra; o rapaz poderia dizer a verdade, ou seja, que por acidente ele foi parar numa situação desesperadora e, sem saber como sair dela, permaneceu ali até que a coisa se resolvesse por conta própria.

E o rapaz tem vontade de dizer isso, e certamente o diria com todas as palavras. Mas a princípio o rapaz ouve com espanto como aqueles que o rodeiam referem-se à guerra passada não como algo vergonhoso, tal qual aquilo lhe parece ser, e sim como algo não só muito bom, mas extraordinário; ouve que a defesa, na qual ele tomou parte, foi um grande acontecimento histórico, algo que o mundo nunca vira, que aqueles que estiveram em Sebastopol, e portanto ele próprio, são os primeiros entre os heróis, e que o fato de ele não ter ido embora dali — como um cavalo da artilharia que não quis romper o cabresto e fugir —, que isso por si só é um grande feito, e que ele é, sim, um herói. E assim, primeiro com espanto, depois com curiosidade, o menino ouve e perde o ânimo de contar toda a verdade — ele não pode ficar contra os seus companheiros, traí-los; mas ainda assim ele quer contar ao menos parte da verdade, e escreve sobre aquilo que viveu, tentando contar tudo sem trair os seus companheiros. Ele descreve sua situação na guerra, as pessoas estão matando ao seu redor, ele próprio está matando pessoas, e sente medo, asco e tristeza. À primeira pergunta que vem à mente de todos — por que ele está fazendo isso?, por que não para e vai embora? —, o autor não responde. Ele não diz, como se dizia antigamente, na época em que os homens odiavam seus inimigos, como os judeus diziam sobre os filisteus, que ele odeia os Aliados; pelo contrário, em certas passagens ele mostra simpatia por eles, como por irmãos humanos. Ele também não fala sobre seu desejo ardente de assegurar que as chaves do templo de Jerusalém estejam em nossas mãos, ele sequer diz se as nossas frotas existem ou não. Ao ler, sentimos que para ele a questão das vidas e mortes humanas são inconciliáveis com questões políticas. E o leitor sente que, à pergunta: por que o autor fez o que fez?, a resposta é uma só: porque levaram-me quando eu era jovem demais, ou antes que a guerra estourasse, ou então, por acaso, por inexperiência, eu próprio me encontrei numa situação da qual não tinha como escapar sem maiores dificuldades. Eu fui parar nessa situação; e depois, quando me forçaram a fazer as coisas mais antinaturais do mundo, a matar irmãos que de forma alguma me haviam ofendido, preferi fazê-lo a ser submetido ao castigo e à vergonha. E ainda que no livro haja breves menções ao amor ao tsar e à pátria, sentimos que isso só está lá graças às circunstâncias em que o autor se encontra.

Apesar de estar subentendido que, já que sacrificar a própria integridade e a própria vida é algo bom, todo sofrimento e toda morte só fazem enaltecer aqueles que os suportam, ainda assim sentimos que o autor sabe que isso não é verdade, pois ele não está sacrificando a sua vida por vontade própria, mas sim, ao matar outras pessoas, colocando involuntariamente a sua vida em perigo. Sentimos que o autor conhece a lei de Deus: ame o próximo e, portanto, não mate — lei que não pode ser anulada por nenhum artifício humano. E nisso reside a dignidade do livro. É uma pena que isso seja apenas sentido, e não dito de forma clara e direta. São descritos os sofrimentos e as mortes das pessoas, mas não se diz nada sobre aquilo que os causa.

Isso, 35 anos atrás, era bom, mas hoje é preciso mais.

É preciso descrever aquilo que causa a morte e os sofrimentos da guerra para que possamos reconhecer, compreender e destruir essas causas.

"A guerra! Como é terrível a guerra com suas chagas, seu sangue, suas mortes!", as pessoas dizem. "A Cruz Vermelha deve ser criada para que aliviemos as chagas, o sofrimento e a morte." Mas o que é terrível na guerra não são as chagas, o sofrimento e a morte. Os homens, que sempre sofreram e morreram, já é hora de se acostumarem com o sofrimento e a morte e deixar de temê-los. Pois sem guerra já se morre de fome, de enchentes, de doenças de todo tipo. O que é terrível não é o sofrimento e a morte, mas aquilo que permite que as pessoas os produzam. Uma única palavra de um homem que, por simples curiosidade, pede que alguém seja enforcado, ao que outro responde: "Muito bem, enforque-o, se assim desejar" — uma única palavra, repleta de morte e sofrimento humano. Essa palavrinha, quando impressa e lida, traz consigo morte e sofrimento para milhões. Não são o sofrimento, a mutilação e a morte física que devem ser mitigados, mas a mutilação e a morte espiritual. Não é a Cruz Vermelha que é necessária, mas a simples cruz de Cristo, que destrói a mentira e o engano.

Eu terminava de escrever este prefácio quando um jovem da escola de cadetes veio me procurar. Ele disse sentir-se atormentado por dúvidas religiosas, havia lido "O Grande Inquisidor", de Dostoiévski, e atormentava-o a dúvida: por que Cristo pregou um ensinamento tão difícil de aplicar? Esse jovem nunca havia lido nada que escrevi. Falei-lhe com cautela sobre a necessidade de ler o Evangelho e encontrar nele as respostas para as questões da vida. Ele ouviu e assentiu. Antes de terminarmos a conversa, falei-lhe da bebida e aconselhei-o a não beber. Ele disse: "Mas no serviço militar às vezes é necessário". Pela saúde, pela força — pensei, e estava prestes a refutá-lo triunfantemente com argumentos da experiência e da ciência, quando ele disse: "Por exemplo, em Gökdepe, quando Skôbeliev teve que massacrar a população, os soldados não queriam, mas ele lhes deu de beber, e então...".[2] E aqui estão os horrores da guerra: neste menino de rosto jovem e fresco, com as pontas do capuz cuidadosamente enfiadas sobre as alças dos ombros, de botas bem limpinhas, de olhos ingênuos e uma visão de mundo tão arruinada!

E aqui está o horror da guerra!

Quantos milhões de trabalhadores da Cruz Vermelha serão necessários para curar as feridas que enxameiam nessa palavra — produto de toda uma educação!

10 de março de 1889

[2] Sob o comando de Dmitri Skôbelev (1843-1882), os russos tomaram a cidade de Gökdepe deixando mais de 20 mil mortos, entre homens e mulheres, soldados e civis. Desde o fim da União Soviética, a república do Turcomenistão tem o dia 12 de janeiro, data do massacre, como um dos mais importantes feriados nacionais. (N. do T.)

SOBRE O AUTOR

Lev Nikoláievitch Tolstói nasce em 1828 na Rússia, em Iásnaia Poliana, propriedade rural de seus pais, o conde Nikolai Tolstói e a princesa Mária Volkônskaia. Com a morte da mãe em 1830, e do pai, em 1837, Lev Nikoláievitch e seus irmãos são criados por uma tia, Tatiana Iergolskaia. Em 1845, Tolstói ingressa na Universidade de Kazan para estudar Línguas Orientais, mas abandona o curso e transfere-se para Moscou, onde se envolve com o jogo e com as mulheres. Em 1849, presta exames de Direito em São Petersburgo, mas, continuando sua vida de dissipação, acaba por se endividar gravemente e empenha a propriedade herdada de sua família.

Em 1851 alista-se no exército russo, servindo no Cáucaso, e começa a sua carreira de escritor. Publica os livros de ficção *Infância*, *Adolescência* e *Juventude* nos anos de 1852, 1854 e 1857, respectivamente. Como oficial, participa em 1855 da batalha de Sebastopol, na Crimeia, onde a Rússia é derrotada, experiência registrada nos *Contos de Sebastopol*, publicados entre 1855 e 1856. De volta à Iásnaia Poliana, procura libertar seus servos, sem sucesso. Em 1859 publica a novela *Felicidade conjugal*, mantêm um relacionamento com Aksínia Bazikina, casada com um camponês local, e funda uma escola para os filhos dos servos de sua propriedade rural.

Em 1862 casa-se com Sófia Andréievna Behrs, então com dezessete anos, com quem teria treze filhos. *Os cossacos* é publicado em 1863, *Guerra e paz*, entre 1865 e 1869, e *Anna Kariênina*, entre 1875 e 1878, livros que trariam enorme reconhecimento ao autor. No auge do sucesso como escritor, Tolstói passa a ter recorrentes crises existenciais, processo que culmina na publicação de *Confissão*, em 1882, onde o autor renega sua obra literária e assume uma postura social-religiosa que se tornaria conhecida como "tolstoísmo". Mas, ao lado de panfletos como *Minha religião* (1884) e *O que é arte?* (1897), continua a produzir obras-primas literárias como *A morte de Ivan Ilitch* (1886), *A Sonata a Kreutzer* (1891) e *Khadji-Murát* (1905).

Espírito inquieto, foge de casa aos 82 anos de idade para se retirar em um mosteiro, mas falece a caminho, vítima de pneumonia, na estação ferroviária de Astápovo, em 1910.

SOBRE O TRADUTOR

Lucas Simone nasceu em São Paulo, em 1983. É formado em História pela Faculdade de Filosofia, Letras e Ciências Humanas da Universidade de São Paulo (2011), com doutorado em Letras pelo Programa de Literatura e Cultura Russa da FFLCH-USP (2019).

Publicou as seguintes traduções: *Pequeno-burgueses* (Hedra, 2010) e *A velha Izerguil e outros contos* (Hedra, 2010), de Maksim Górki; os contos "A sílfide", de Odóievski, "O inquérito", de Kuprin, "Ariadne", de Tchekhov, "Vendetta", de Górki, e "Como o Robinson foi criado", de Ilf e Petrov, para a *Nova antologia do conto russo (1792-1998)*, organizada por Bruno Barretto Gomide (Editora 34, 2011); *A aldeia de Stepántchikovo e seus habitantes* (Editora 34, 2012) e *Memórias do subsolo* (Hedra, 2013), de Fiódor Dostoiévski; *O artista da pá*, de Varlam Chalámov, terceiro volume dos *Contos de Kolimá* (Editora 34, 2016); *O fim do homem soviético*, da Prêmio Nobel de Literatura Svetlana Aleksiévitch (Companhia das Letras, 2016); *Diário de Kóstia Riábtsev*, de Nikolai Ogniόv (Editora 34, 2017); *O ano nu*, de Boris Pilniák (Editora 34, 2017); *A morte de Ivan Ilitch* (Antofágica, 2020) e *Dois hussardos* (Editora 34, 2020), de Lev Tolstói; além de participar da tradução coletiva de *Arquipélago Gulag*, de Aleksandr Soljenítsin (Carambaia, 2019).

COLEÇÃO LESTE

István Örkény
A exposição das rosas e A família Tóth

Karel Capek
Histórias apócrifas

Dezsö Kosztolányi
O tradutor cleptomaníaco e outras histórias de Kornél Esti

Sigismund Krzyzanowski
O marcador de página e outros contos

Aleksandr Púchkin
A dama de espadas: prosa e poemas

A. P. Tchekhov
A dama do cachorrinho e outros contos

Óssip Mandelstam
O rumor do tempo e Viagem à Armênia

Fiódor Dostoiévski
Memórias do subsolo

Fiódor Dostoiévski
O crocodilo e Notas de inverno sobre impressões de verão

Fiódor Dostoiévski
Crime e castigo

Fiódor Dostoiévski
Niétotchka Niezvânova

Fiódor Dostoiévski
O idiota

Fiódor Dostoiévski
Duas narrativas fantásticas: A dócil e O sonho de um homem ridículo

Fiódor Dostoiévski
O eterno marido

Fiódor Dostoiévski
Os demônios

Fiódor Dostoiévski
Um jogador

Fiódor Dostoiévski
Noites brancas

Anton Makarenko
Poema pedagógico

A. P. Tchekhov
O beijo e outras histórias

Fiódor Dostoiévski
A senhoria

Lev Tolstói
A morte de Ivan Ilitch

Nikolai Gógol
Tarás Bulba

Lev Tolstói
A Sonata a Kreutzer

Fiódor Dostoiévski
Os irmãos Karamázov

Vladímir Maiakóvski
O percevejo

Lev Tolstói
Felicidade conjugal

Nikolai Leskov
Lady Macbeth
do distrito de Mtzensk

Nikolai Gógol
Teatro completo

Fiódor Dostoiévski
Gente pobre

Nikolai Gógol
O capote
e outras histórias

Fiódor Dostoiévski
O duplo

A. P. Tchekhov
Minha vida

Bruno Barretto Gomide (org.)
Nova antologia do conto russo

Nikolai Leskov
A fraude e outras histórias

Nikolai Leskov
Homens interessantes
e outras histórias

Ivan Turguêniev
Rúdin

Fiódor Dostoiévski
A aldeia de Stepántchikovo
e seus habitantes

Fiódor Dostoiévski
Dois sonhos:
O sonho do titio e
Sonhos de Petersburgo
em verso e prosa

Fiódor Dostoiévski
Bobók

Vladímir Maiakóvski
Mistério-bufo

A. P. Tchekhov
Três anos

Ivan Turguêniev
Memórias de um caçador

Bruno Barretto Gomide (org.)
Antologia do
pensamento crítico russo

Vladímir Sorókin
Dostoiévski-trip

Maksim Górki
Meu companheiro de estrada
e outros contos

A. P. Tchekhov
O duelo

Isaac Bábel
No campo da honra
e outros contos

Varlam Chalámov
Contos de Kolimá

Fiódor Dostoiévski
Um pequeno herói

Fiódor Dostoiévski
O adolescente

Ivan Búnin
O amor de Mítia

Varlam Chalámov
A margem esquerda
(Contos de Kolimá 2)

Varlam Chalámov
O artista da pá
(Contos de Kolimá 3)

Fiódor Dostoiévski
Uma história desagradável

Ivan Búnin
O processo do tenente Ieláguin

Mircea Eliade
Uma outra juventude e Dayan

Varlam Chalámov
Ensaios sobre o mundo do crime (Contos de Kolimá 4)

Varlam Chalámov
A ressurreição do lariço (Contos de Kolimá 5)

Fiódor Dostoiévski
Contos reunidos

Lev Tolstói
Khadji-Murát

Mikhail Bulgákov
O mestre e Margarida

Iuri Oliécha
Inveja

Nikolai Ogniόv
Diário de Kóstia Riábtsev

Ievguêni Zamiátin
Nós

Boris Pilniák
O ano nu

Viktor Chklóvski
Viagem sentimental

Nikolai Gógol
Almas mortas

Fiódor Dostoiévski
Humilhados e ofendidos

Vladímir Maiakóvski
Sobre isto

Ivan Turguêniev
Diário de um homem supérfluo

Arlete Cavaliere (org.)
Antologia do humor russo

Varlam Chalámov
A luva, ou KR-2 (Contos de Kolimá 6)

Mikhail Bulgákov
Anotações de um jovem médico e outras narrativas

Lev Tolstói
Dois hussardos

Fiódor Dostoiévski
Escritos da casa morta

Ivan Turguêniev
O rei Lear da estepe

Fiódor Dostoiévski
Crônicas de Petersburgo

Lev Tolstói
Anna Kariênina

Liudmila Ulítskaia
Meninas

Vladímir Sorókin
O dia de um oprítchnik

Aleksandr Púchkin
A filha do capitão

Lev Tolstói
O cupom falso

Iuri Tyniánov
O tenente Quetange

Ivan Turguêniev
Ássia

Lev Tolstói
Contos de Sebastopol

Este livro foi composto em Sabon
pela Franciosi & Malta, com CTP
e impressão da Edições Loyola em
papel Pólen Natural 80 g/m² da Cia.
Suzano de Papel e Celulose para a
Editora 34, em julho de 2024.